Les Éternels

Catalogage avant publication de Bibliothèque et Archives nationales du Québec et Bibliothèque et Archives Canada

Poirier, Priska

Le don

(Les Éternels)
Pour les jeunes de 10 ans et plus.

ISBN 978-2-89662-959-6

I. Titre.

PS8631.O374D66 2017 jC843'.6 C2017-940839-9
PS9631.O374D66 2017

Les Éditions de Mortagne
C.P. 116
Boucherville (Québec) J4B 5E6
Tél. : 450 641-2387
Téléc. : 450 655-6092
editionsdemortagne.com

Illustration en couverture
© Nic Di Lauro

Illustrations intérieures
© VectorStock et © Freepik

Bibliothèque et Archives Canada
Bibliothèque et Archives nationales du Québec
Bibliothèque nationale de France
3e trimestre 2017

ISBN 978-2-89662-959-6
ISBN (epdf) 978-2-89662-960-2
ISBN (epub) 978-2-89662-961-9

1 2 3 4 5 - 17 - 21 20 19 18 17

Imprimé au Canada

Gouvernement du Québec – Programme de crédit d'impôt pour l'édition de livres – Gestion SODEC.

Financé par le gouvernement du Canada | Canada

ASSOCIATION NATIONALE DES ÉDITEURS DE LIVRES

Membre de l'Association nationale des éditeurs de livres (ANEL)

PRISKA POIRIER

Les Éternels

LE DON

ÉDITIONS DE MORTAGNE

Aux anges qui ont traversé ma vie ! Merci !

Tout ce qui peut être imaginé est réel.

PABLO PICASSO

SOMMAIRE

CHAPITRE 1

DÉMÉNAGEMENT… ENCORE

Du siège passager de la voiture de sa mère, Stella observait la nature hivernale. Le soleil se levait lentement et la neige tombée au cours de la nuit faisait ployer les branches vertes des sapins. N'eût été la route qui serpentait à travers les plaines, on aurait pu croire qu'aucun humain n'avait jamais foulé cette partie du monde. L'adolescente soupira de contentement.

– C'est beau, n'est-ce pas ? lui demanda sa mère.

– Je pense que je pourrais regarder ce paysage pendant des heures, répondit-elle. Il me paraît si pur. C'est un peu comme si…

– ... Ça te ressourçait l'âme, compléta doucement Lucie.

Stella approuva. C'était exactement cela, même si elle n'aurait jamais osé le décrire de cette façon. Il faut dire que sa mère avait toujours parlé un peu bizarrement.

– Bonne chance pour ton exposé oral, ma petite Plume, lui souhaita Lucie en arrêtant la voiture devant l'école secondaire.

– Merci, maman ! À ce soir !

D'aussi loin qu'elle pouvait se le rappeler, sa mère l'avait toujours appelée Plume, surnom dont elle avait hérité à sa naissance en raison de son poids léger.

La neige crissait sous ses bottes doublées de fourrure et un nuage de vapeur s'échappait de sa bouche. Balançant son sac à dos sur son épaule, Stella s'empressa d'atteindre les deux grandes portes de l'entrée réservée aux élèves.

Elle alla porter son sac à sa case, attrapa sa brosse et démêla sa longue chevelure. Avec son mètre cinquante-deux, ses cent livres et sa crinière brune, la jeune fille de douze ans se fondait parfaitement dans la masse des élèves de première secondaire de son école. Il fallait regarder de plus près pour voir ce qui la rendait unique : un sourire facile et contagieux, des yeux expressifs et une qualité d'écoute qui aidait chaque personne à se sentir importante. Stella se fit des tresses et prit ses livres pour son premier cours de la journée. Puis, elle se rendit à la cafétéria et chercha son amie Sonia, en vain.

« Son autobus doit encore être en retard », en déduisit-elle.

C'était ça, vivre en campagne au Québec. Dès qu'il y avait une tempête de neige ou de la pluie verglaçante, le transport était ralenti. La jeune fille s'installa à une fenêtre du corridor et attendit. Avec un peu de chance, son amie arriverait bientôt et elles pourraient se rendre ensemble au local de français. Cinq minutes plus tard, un sourire illumina les traits de Stella. Le mastodonte jaune s'engageait dans l'entrée, derrière la BMW noire de madame Gilberte, une des secrétaires.

Soudain, un écureuil traversa l'allée en courant juste devant la dame, qui freina brusquement. Derrière, le chauffeur d'autobus donna un coup de volant pour éviter de l'emboutir. Le véhicule fit un tête-à-queue. Stella le vit avec horreur se mettre à tourner sur lui-même. Il glissa ainsi vers les gros érables bordant la longue allée. Les voix s'élevaient de toutes parts autour d'elle et les élèves se précipitaient vers les fenêtres.

« Non ! Non ! Non ! pria l'adolescente avec ardeur. Arrête-toi ! »

Juste avant de percuter le premier arbre, l'autobus s'immobilisa, puis Stella s'évanouit.

Lorsqu'elle revint à elle, la jeune fille avait la tête posée sur son sac d'école et un surveillant était agenouillé près d'elle. Il faisait signe aux élèves de reculer.

« Pourquoi suis-je au sol ? » se demanda-t-elle, perdue.

Elle s'assit, même si on lui recommandait de rester étendue encore un peu. Comment pourrait-elle vouloir rester couchée en plein milieu d'un corridor alors que tout le monde avait les yeux braqués sur elle ? C'était tellement gênant ! Puis, elle se rappela l'autobus et elle se releva d'un bond pour regarder par la fenêtre. Six adultes entouraient le véhicule et aidaient les élèves à en descendre.

Un soupir de soulagement franchit ses lèvres. Elle fréquentait cette école depuis six mois. C'était sa septième en neuf ans. Elle s'était rapidement liée d'amitié avec Sonia, et le village était si petit qu'elle avait réussi à apprendre le prénom de presque tout le monde. Et, mieux que tout, depuis qu'elles étaient là, pas une fois sa mère n'avait parlé de déménager de nouveau.

Stella ramassa son sac et remercia le surveillant, qui insistait pour qu'elle se rende à l'infirmerie avant le début de son cours. Bien qu'elle acquiesçât d'un hochement de tête, elle se dirigea plutôt vers sa case.

Elle aperçut Sonia, qui racontait à cinq élèves sa version de ce qui aurait pu être un tragique accident. Stella serra son amie dans ses bras comme si elle avait survécu à un cataclysme et s'empara de ses livres pour les transporter à sa place. Elle écouta avec les autres le récit de l'adolescente tandis qu'ils marchaient tous vers leur local.

– Je vous le dis, lorsque j'ai vu ce gros érable foncer vers ma fenêtre, j'ai cru que ma dernière heure était arrivée. Je vais sûrement en faire des cauchemars pendant des semaines !

Stella s'apprêtait à lui poser une question lorsque l'enseignante entra en classe et fit taire les bavardages d'un: « Bonjour, voici les résultats de votre dernière évaluation ! »

Sonia regarda poliment la professeure tout en faisant discrètement signe à Stella d'attendre. Comme à son habitude, elle arracha une feuille lignée de son cartable pour lui écrire un mot. Les deux amies eurent le temps de s'échanger subtilement le morceau de papier sept fois, avant qu'une voix dans l'interphone se fasse entendre :

– Madame Sténo, pouvez-vous demander à Stella Séguin de venir immédiatement au secrétariat avec son matériel, je vous prie ?

– Bien sûr !

L'étudiante convoquée interrogea Sonia du regard. Celle-ci souleva les épaules en signe d'ignorance et désigna la porte du menton pour l'inciter à sortir du local. Stella ramassa ses cahiers et se dirigea, un peu inquiète, vers l'administration. Que voulait la secrétaire ? D'habitude, elle s'abstenait de déranger les élèves pendant les cours. Elle appelait plutôt ceux qu'elle avait besoin de voir pendant la pause.

« Ça doit être vraiment important, pensa l'adolescente. Je n'ai rien fait de mal, pourtant. Mes travaux sont à jour et je réussis dans toutes les matières. »

Au fil des pas, l'angoisse s'installa. Lorsqu'elle poussa la porte, elle aperçut sa mère.

– Maman ? Pourquoi es-tu ici ?

– L'infirmière m'a téléphoné pour me dire que tu t'étais évanouie. J'ai décidé de venir te chercher.

– Mais... je ne suis même pas allée la voir !

– Ça aussi, elle me l'a dit, jeune fille !

– Maman... je vais bien. Je veux rester à l'école.

– Stella, nous discuterons à la maison. Va chercher tes choses, s'il te plaît. Vide ta case. Tiens, voici un sac supplémentaire.

L'adolescente savait qu'il ne lui servirait à rien de s'obstiner avec sa mère en public. Elle tourna néanmoins les talons d'un geste rageur, pour signifier son désaccord, et se dirigea vers sa case. Ce n'est qu'une fois devant celle-ci qu'elle se questionna.

« Pourquoi veut-elle que je rapporte toutes mes affaires ? »

Puis, un doute s'insinua dans son esprit.

« Ah non ! On ne va pas encore partir ! »

Elle attrapa ses livres, les larmes aux yeux. Elle refuserait ! Il était hors de question qu'elle recommence une nouvelle fois sa vie ailleurs. Ce village était parfait. Les gens se montraient très gentils. Elle avait des projets pour l'été, une meilleure amie fantastique et la nature partout autour d'elle. Sa respiration s'accéléra, ses pensées s'éparpillèrent et sa mâchoire se crispa. La colère, mêlée à une certaine dose de désespoir, l'envahit. Étant optimiste de naissance, elle ne ressentait pas cette émotion souvent, et cela la déstabilisa. Elle enfila son manteau, ses bottes et ses grosses mitaines, replaça son cadenas et fila vers la porte principale.

Stella déposa ses deux sacs dans le coffre et monta dans le véhicule. Elle inspira lentement. Peut-être se faisait-elle des idées. Sa mère s'engagea dans l'allée pour quitter l'école. Ce n'est qu'une fois sur la route qu'elle prit la parole.

– Ce que je vais te dire risque de te déplaire, ma Plume.

« Merveilleux ! » ironisa Stella pour elle-même.

– Nous devons partir de Chapais.

« Je le savais ! »

– Je suis consciente que tu t'es fait des amies ici. Tu as le droit d'être en colère.

« J'espère bien ! »

– Je te comprends.

« Mais nous partons quand même ! » poursuivit Stella dans sa tête.

Par le passé, elle avait déjà essayé de s'opposer à des déménagements. Cela n'avait servi à rien. Malgré cela, elle ne put s'empêcher d'argumenter et d'insister pour que sa mère revienne sur sa décision. Elle ne parvint qu'à la contrarier.

– Ça suffit, Plume ! lança Lucie, avant de serrer les lèvres de découragement.

De grosses larmes se mirent à couler en silence sur les joues de Stella. C'était si injuste ! La tête tournée vers la vitre du passager, elle ne voyait plus ce paysage qu'elle adorait. Tout était embrouillé et elle ne se donnait même pas la peine d'essuyer ses larmes.

Au moment où elles entrèrent dans leur petite maison, la sonnerie du téléphone retentit. Sa mère ne posa qu'une seule question : « Combien de temps ? » Puis, elle raccrocha, fixa sa fille dans les yeux et ordonna :

– Nous n'avons qu'une heure pour tout ramasser. Tu prends les sacs qui se trouvent en haut de ta garde-robe et tu roules tes vêtements comme je te l'ai appris, pour qu'ils prennent le moins de place possible. Tout ce que nous voulons apporter doit entrer dans la voiture.

Elle se dirigea vers le four à micro-ondes et le régla pour qu'il sonne cinquante-cinq minutes plus tard.

– Maman ? Que se passe-t-il ?

– Je manque de temps pour t'expliquer, ma Plume. Je te promets de t'en dire plus en chemin, mais pour l'instant tu dois me faire confiance et m'aider. Ramasse tes vêtements, les objets auxquels tu tiens le plus, les draps de ton lit et le contenu de l'armoire de la salle de bain. Je m'occupe du reste de la maison.

Sentant l'urgence dans la voix de sa mère, Stella s'exécuta immédiatement. Pendant que ses mains sortaient ses effets personnels de ses tiroirs, son esprit, lui, était complètement ailleurs.

« C'est comme s'il y avait un danger, estima la jeune fille. Mais pourquoi doit-on partir en une heure ? Ça n'a rien à voir avec mon évanouissement, en tout cas. Il s'agissait probablement juste d'une excuse pour l'école. Ç'a peut-être un rapport avec l'emploi de maman ! »

Lucie était traductrice professionnelle. Elle travaillait à domicile et maîtrisait parfaitement six langues. Pour sa part, Stella parlait déjà couramment français, anglais et espagnol.

« C'est ça ! décida Stella. Elle a dû traduire un document ultrasecret et là, elle est recherchée. *Nous* sommes recherchées, puisque je suis sa fille et qu'elle a pu m'en parler. »

L'adolescente boucla les deux sacs qu'elle avait remplis et se dirigea vers la salle de bain avec un troisième. Pendant qu'elle ramassait quelques serviettes, le shampooing et les brosses à dents, elle poursuivit ses réflexions.

« C'est pour ça qu'on déménage si souvent depuis que je suis petite ! Maman doit être un agent secret ! »

Stella redoubla d'ardeur pour empaqueter efficacement le plus d'objets possible. Malgré la situation dramatique, elle avait hâte de monter dans la voiture.

Lucie avait dit qu'elle lui expliquerait en chemin... Apprendre les mystères de sa mère allait être très excitant. Elle se sentait adulte tout à coup.

En voyant la quantité de sacs et de boîtes, Stella songea que ça ne rentrerait jamais dans l'auto, mais elle oubliait le sens de l'organisation et de la minutie de sa mère, qui optimisa chaque centimètre cube disponible. En la voyant entasser les deux derniers sacs sur le siège arrière, Stella ne douta plus d'avoir vu juste. Lucie se montrait beaucoup trop efficace pour être une mère ordinaire.

L'adolescente parvint à attendre le deuxième coin de rue avant de l'interroger, puis n'y tint plus.

– C'est quoi au juste, ton travail, maman ?

– Traductrice.

– On ne s'est quand même pas enfuies parce que tu as traduit une boîte de céréales, ironisa Stella. Tu es quoi ? Un agent secret ?

– En quelque sorte...

– Je le savais !

Lucie soupira profondément.

– Ce que je m'apprête à te révéler va changer ta vie, ma belle Plume. En temps normal, tu aurais dû l'apprendre à tes quinze ans seulement. Toutefois, les événements m'obligent à déroger à certaines règles.

Stella retint son souffle. L'instant était tellement solennel...

– Je suis une éternelle, ma chouette, ou, si tu préfères, un ange. En fait, depuis ta naissance, je suis moitié ange, moitié humaine et... toi aussi!

CHAPITRE 2

RECHERCHÉES

Stella ouvrit la bouche. La referma. Qu'était-elle censée dire après une déclaration si saugrenue ? Elle observa sa mère. Ses cheveux bruns légèrement bouclés frôlaient ses épaules. Son menton un peu pointu et son nez retroussé lui donnaient un air espiègle. Stella la trouvait belle et espérait lui ressembler un jour.

– Tu n'as pas d'ailes, fut la première remarque qui lui traversa l'esprit.

Sa mère éclata de rire.

– Avoir su que c'est ça qui te préoccuperait le plus, je n'aurais pas eu si peur de t'annoncer que nous étions des demi-anges !

Ces paroles eurent l'effet d'une bombe dans l'esprit de Stella. Les questions se multipliaient maintenant à la vitesse de l'éclair.

– Qu'est-ce que ça veut dire, des demi-anges ?

– Ça signifie que j'ai été un ange pendant de très nombreuses années et qu'un jour j'ai décidé d'avoir un enfant. Pour que cela soit possible, je devais te transmettre la moitié de ma force angélique et prendre la moitié de ton humanité. Il est impossible de rester ainsi plus de quinze ans. Donc, dans trois ans, l'une de nous deviendra éternelle à cent pour cent et l'autre, humaine.

– Qui prendra cette décision ?

– Moi.

– Oh ! OK.

C'est sa mère qui allait choisir ? Stella se demanda comment elle réagirait si Lucie ne la trouvait pas assez bien pour devenir un ange.

« Et qu'est-ce qui va m'arriver si, à l'inverse, j'en deviens un ? Tout ça est complétement fou ! » estima-t-elle.

Le besoin de connaître la raison de leur fuite se fit encore plus pressant.

– Pourquoi partons-nous si vite ?

– Lorsqu'un ange accomplit une bonne action, il se dégage de lui une certaine quantité d'énergie angélique. Celle-ci n'est pas perceptible pour les humains, mais pour d'autres éternels, oui. C'est un peu comme une signature. Lorsque tu as arrêté cet autobus ce matin...

– C'est moi qui ai fait ça ? la coupa Stella.

– Oui, ma Plume, confirma Lucie. Donc, lorsque tu as arrêté ce véhicule, tu as dépensé une grande quantité d'énergie, et un ami m'a prévenue que des démons s'étaient mis en route vers chez nous.

– Quoi ??? Des démons ! Ça existe ?

– Comme les éternels.

– Et ils voient l'énergie des anges ?

– Normalement, non ! C'est ce qui m'inquiète. Ça s'est déjà produit plusieurs fois, et je ne vois que deux possibilités pour l'expliquer : soit un ange de la maison mère porte un contrôleur, soit les démons ont découvert comment repérer notre énergie. Dans les deux cas, nous avons un gros problème.

Cette réponse eut de nouveau pour effet de multiplier les questions de Stella. Elle tenta de se concentrer pour bien fixer l'ordre de ses priorités.

– C'est quoi, une maison mère ?

– C'est un quartier général. Il s'agit de l'endroit où est rassemblée une grande partie de notre savoir angélique, où sont choisies nos missions et où se prennent les décisions cruciales pour la protection de l'humanité.

– Wow ! Et tu penses qu'un ange ou un démon menace ça ? Lequel est le plus probable ?

– Je suis presque sûre qu'il s'agit du contrôleur.

– Et c'est quoi, au juste ?

– Un outil qui sert à modifier la pensée d'un ange et à lui faire faire des choses qui ne lui seraient pas venues en tête sinon. C'est très difficile à maîtriser, on doit faire preuve de douceur et de beaucoup de patience. On ne change pas l'esprit d'un ange en deux semaines. En de très rares occasions, les démons, par l'intermédiaire d'un humain, parviennent à en placer un à l'intérieur du corps d'un éternel. Mais il ne faut pas qu'il s'en rende compte, sinon il peut parvenir à le combattre.

– Mais, si c'est un ange, qu'il repère mon énergie, qu'il sait que je suis ta fille et qu'il connaît ton nom, nous serons en danger peu importe où nous irons ?

– Je dois t'avouer que j'ai plusieurs identités et que je les ai utilisées au fil des ans, même si tu ne t'en es pas aperçue. En plus, j'ai toujours effacé les traces de nos passages dans les villes et villages où nous avons vécu.

Le silence régna dans la voiture pendant quelques minutes. Stella réfléchissait intensément à tout ce qu'elle venait d'apprendre.

– Maman ? finit-elle par demander. As-tu des pouvoirs spéciaux ?

– Je n'ai pas le droit de te répondre, ma Plume. En fait, je n'aurais même pas dû te parler de tout cela. Notre existence doit rester secrète et, comme je te l'ai dit, avant quinze ans, tu n'aurais pas dû savoir la vérité. Alors, plus de questions ! D'accord ?

– Assure-moi au moins qu'on ne change pas de pays...

– On ne change pas de pays, promit sa mère avec un sourire encourageant.

– Où allons-nous ? ajouta Stella.

– À Montréal.

Voilà une semaine qu'elles étaient arrivées. Elles avaient élu domicile dans un appartement meublé de cinq pièces. Stella avait surtout occupé son temps à aménager leur nouveau logis. Comme à son habitude, sa mère avait décidé de le nettoyer de fond en comble et de repeindre les murs. Elle répétait que prendre soin d'une demeure l'aidait à l'apprivoiser et à l'aimer.

« Sonia doit se demander ce qui m'arrive », pensa tristement Stella, qui n'avait pu lui écrire qu'une seule fois avant de devoir jeter son cellulaire.

– Les démons sont dangereux, lui avait expliqué sa mère. Pour le bien de ton amie, tu dois couper tout contact avec elle. Lorsque nous en saurons plus, tu pourras peut-être la rappeler.

La jeune fille prenait donc son mal en patience, mais la présence et les conversations de Sonia lui manquaient. Sans télévision, sans téléphone et sans connexion, Stella avait sollicité un budget pour acheter des livres. Elle était allée s'en procurer quelques-uns à la librairie du quartier et s'était plongée dans sa lecture. Ils portaient tous sur le même sujet : les anges ! Sa mère avait sourcillé lorsqu'elle s'en était rendu compte.

– Tu ne trouveras aucune information pertinente là-dedans, l'avait-elle prévenue.

C'était bien possible, mais, comme depuis leur conversation dans la voiture Lucie refusait de répondre à ses questions, Stella devait se rabattre sur une autre voie.

« Tant mieux si maman juge que je serai mal renseignée et décide d'y remédier ! »

En plus, en restant bien tranquille le nez dans un livre, elle espérait que sa mère oublierait un peu sa présence et ne déciderait pas de l'envoyer dans une nouvelle école.

– Que dirais-tu d'essayer l'école à la maison ? lui demanda justement Lucie, ce soir-là.

– C'est quoi, ça ?

– Eh bien, en attendant qu'on soit certaines de rester ici, je pourrais envoyer une requête à la commission scolaire pour t'enseigner moi-même. Penses-tu que tu t'ennuierais ?

Stella leva les yeux au ciel et afficha un énorme sourire. Elle ne s'ennuyait jamais. Ce mot ne faisait pas partie de son vocabulaire. Depuis qu'elle était petite, elle avait l'extraordinaire faculté de toujours trouver à s'occuper. Elle avait tour à tour appris à coudre, à tricoter, à cuisiner, à jardiner, à cueillir toutes sortes de petits fruits et des champignons sauvages. Elle savait pêcher, faire du ski, de la raquette, de la natation et jouer aux échecs. En plus, elle adorait lire.

– Et j'apprendrai quoi ?

– Les mêmes matières qu'à l'école et une nouvelle langue.

– Pourrais-je suivre encore des cours de natation ?

– Tu aurais probablement même le temps de t'initier à la programmation informatique, si ça t'intéresse. Toutefois, pour que ça fonctionne, il faudra que tu sois très disciplinée.

Stella leva de nouveau les yeux au ciel. Comme si c'était un problème ! Sa mère sourit. L'entente était scellée et un poids s'enleva des épaules de la jeune adolescente. Si elle n'aimait pas rester en permanence à la maison, elle pourrait toujours reprendre l'école en septembre. Pour l'instant, elle se sentait vraiment soulagée de ne pas être obligée de sourire à tout le monde, de tenter de retenir plein de nouveaux noms et de se refaire un réseau d'amis. La solitude ne lui faisait pas peur. Satisfaite, elle ramassa son roman, *Sauvé par un ange*, et s'installa confortablement sur le divan pour en entreprendre la lecture.

Un mois plus tard, penchée au-dessus du comptoir de la cuisine, Stella, un scalpel à la main, finissait de disséquer un cœur de bœuf. Elle écrivit sur une feuille ses dernières observations et donna un ultime coup de crayon au schéma des deux ventricules. La biologie ne comptait pas parmi ses apprentissages obligatoires, mais, comme cela l'intéressait, sa mère s'était procuré un manuel scolaire sur le sujet.

– Ça avance beaucoup plus vite qu'à l'école, murmura-t-elle pour elle-même. Pas besoin d'arrêter après une heure de cours ni d'attendre les autres.

L'adolescente avait décidé de consacrer ses cinq premières semaines de cours à la maison à la biologie et aux mathématiques. Elle avait fini de remplir les cahiers achetés et se préparait à entamer le français et la géographie. Soudain, la sonnette de la porte retentit et elle sursauta. Ce faisant, elle s'entailla profondément la main avec son petit couteau.

– Haaaaaa ! hurla-t-elle en sautant sur place.

Elle ramassa le linge à vaisselle qui séchait sur la porte du four et s'en servit pour envelopper sa main. Elle trottina jusqu'à l'interphone et appuya avec son coude sur le bouton.

– Qui est là ? demanda-t-elle.

– Madame Boivin, du troisième. J'ai oublié ma carte magnétique.

– C'est ouvert ! lança Stella en actionnant la commande de la porte de l'immeuble. Bonne journée !

– Merci, ma belle. Bonne journée à toi aussi.

Stella se rendit à la salle de bain. Le linge à vaisselle était maintenant rouge. Tremblante, elle commença à le dérouler. Elle avait peur de découvrir dans quel état se trouvait sa main. Lorsqu'elle enleva complètement le morceau de tissu, la plaie d'environ quatre centimètres de long se mit à dégoutter dans l'évier.

« Ishhhh ! Ç'a l'air vraiment profond ! »

Elle ouvrit légèrement les deux côtés et vit un bout d'os. Elle retint son souffle. Ses yeux se remplirent de larmes. Elle ne sentait pas la douleur, mais son front se couvrit rapidement de sueur. Elle prit une serviette propre et enveloppa de nouveau sa main. Devait-elle nettoyer la plaie ? Aller à l'hôpital ? Comment ? En taxi ? En ambulance ?

« Respire, Stella, s'exhorta-t-elle. Tu n'as pas encore mal ! »

Ses cours de biologie lui avaient appris que cela voulait sans doute dire que son corps produisait suffisamment de dopamine ou d'adrénaline pour l'instant.

« Maman devrait rentrer dans moins de trente minutes, calcula-t-elle. Je ne peux tout de même pas me vider de mon sang aussi vite. »

Un regard à l'horloge lui indiqua qu'il était dix heures. Stella décida de s'étendre sur le divan du salon, en attendant que sa mère arrive. Elle pria de toutes ses forces qu'il s'agisse de la bonne décision, et que sa blessure ne s'aggrave pas. Elle avait déjà lu dans un livre que des gens parvenaient à se guérir en visualisant le résultat qu'ils souhaitaient et en donnant des directives claires aux cellules, plaquettes et globules de leur corps.

– Et si ça fonctionnait ? murmura-t-elle en se concentrant.

À peine avait-elle fermé les yeux que sa mère, entourée de quatre sacs d'épicerie, la réveillait en la secouant par l'épaule.

– Que se passe-t-il, ma chérie ?

– Je me suis ouvert la main avec mon couteau, répondit Stella en jetant un coup d'œil à l'horloge.

Elle constata que plus d'une heure s'était écoulée.

– J'attendais que tu arrives pour aller à l'hôpital, reprit-elle.

– Avec un couteau ? Tu as utilisé un objet coupant alors que j'étais absente ? Montre-moi.

– C'est vraiment dégueu, maman ! se défendit Stella en ne s'attardant pas aux yeux mécontents posés sur elle. On voit même l'os.

Lucie l'entraîna d'un pas ferme vers la salle de bain. Le sang sur le linge avait commencé à sécher.

– Je suis désolée d'avoir mis autant de temps à revenir, dit sa mère en retirant lentement la bande de tissu. Après mon rendez-vous, je suis passée à l'épicerie.

– Excuse-moi d'avoir fait ma dissection malgré ton absence.

La plaie ne saignait plus. Lucie ouvrit le robinet et obligea sa fille à mettre la main sous le jet.

– Je pense que c'est mieux que ce que tu as imaginé, soupira-t-elle de soulagement en fermant l'eau et en inspectant la blessure. La coupure est nette et peu profonde. À mon avis, avec un pansement de rapprochement, on devrait réussir à t'éviter les points de suture.

Lucie entreprit d'éponger délicatement la paume de Stella.

– Maman, je te jure ! C'était ouvert vraiment plus profond tantôt. J'ai fait de la visualisation pour guérir. Penses-tu que ça peut marcher aussi vite ? J'ai peut-être un don pour ça.

Stella ouvrit de grands yeux et mit son autre main sur sa bouche.

– Oh non ! Est-ce que c'est ma part ange ? Ai-je utilisé mon énergie angélique ?

– Probablement, ma Plume, mais pas suffisamment pour qu'on nous repère. Assois-toi sur le comptoir pendant que je te fais ton pansement.

– Maman ? Est-ce que c'est ma faute si on a déménagé si souvent ?

– Oui et non, Plume. Tu es un demi-ange passablement doué et tu as un grand cœur. Tu dégages donc de bonnes quantités d'énergie quand tu aides les autres. Toutefois, comme tu n'es pas un éternel à cent pour cent, tu n'as pas encore ta propre empreinte. C'est donc la trace de mon énergie que tu laisses, et moi... je suis recherchée.

Stella retint son souffle. Arriverait-elle à en apprendre un peu plus ? Elle tenta le coup en priant que sa mère réponde.

– Pourquoi ?

– Avant ta naissance, j'exerçais le métier d'ange guerrier. Puisque j'ai mis hors d'état de nuire de nombreux démons, je ne suis pas très populaire auprès d'eux.

– Quel âge as-tu, maman ?

– Quatre cent soixante-deux ans.

– Wow !

– Comme tu dis !

– Comment est-ce possible ?

– Un éternel cesse de vieillir dès qu'il en devient un à part entière et que son don lui est révélé.

– Et c'est à quinze ans qu'on apprend qu'on est un ange ?

– Pas toujours. Chaque histoire est différente. Ce n'est jamais avant quinze ans, mais cela peut tout aussi bien arriver à cinquante. Pour ma part, j'ai connu ma vraie nature à dix-neuf ans. Ensuite, chaque éternel décide de vieillir au rythme qu'il veut. Toutefois, afin de s'assurer qu'il y a des anges de tous les âges, on doit demander la permission pour le faire.

Stella se montrait fascinée par tout ce qu'elle découvrait sur cet univers étrange. Elle allait poser une nouvelle question lorsque sa mère l'arrêta d'un geste de la main. L'adolescente leva les yeux dans les airs en soupirant fortement, dans l'espoir de faire comprendre à Lucie qu'elle trouvait ridicule cette règle du secret. Elle savait qu'elle devait retenir son impatience si elle ne voulait pas braquer sa mère, mais l'attente la rendait folle. Elle était bien décidée à revenir le plus vite possible à l'assaut.

Stella plia et déplia les doigts à plusieurs reprises. Elle n'avait toujours pas mal, mais la peau lui démangeait. Sautant en bas du comptoir, elle gagna la cuisine pour aller laver son matériel de biologie pendant que sa mère rangeait l'épicerie.

– Pourrais-tu aller porter ce sac à madame Martin avant qu'on dîne ? lui demanda Lucie. Elle a de la difficulté à se déplacer. Nous allons l'aider un peu avec les courses.

– Aucun problème !

Stella prit le sac et se rendit à l'appartement de madame Martin. La dame l'invita à entrer et ce n'est que quinze minutes plus tard que Stella reprit le chemin du logement familial. Dans l'ascenseur, elle tomba sur un adolescent de son âge, complètement paniqué.

– As-tu vu un garçon de sept ans dans le couloir ? lui demanda-t-il.

– Non…

– C'est mon petit frère. Il se sauve parfois quand il est contrarié. C'est moi qui m'en occupe le midi et là, je ne le trouve plus. Ça fait au moins trente minutes que je le cherche partout. Je pense que je vais devoir appeler mes parents.

– Veux-tu que je t'aide ?

Le jeune homme hocha la tête, visiblement soulagé.

« Où s'est-il réfugié ? Peut-être qu'il est en difficulté et qu'il a peur. »

Cette pensée attrista Stella. Elle ferma les yeux et se concentra sur l'immeuble. Mentalement, elle fit le tour de chaque étage en réfléchissant aux endroits où pouvait se cacher un enfant de sept ans. Arrivée au sous-sol, elle sentit qu'une salle qu'elle n'avait jamais vue mais dont elle avait déjà entendu parler s'imposait à son esprit.

– As-tu regardé là où les gens font leur lavage ?

– La buanderie ? Non.

– Allons-y ! lança la jeune fille avec l'image d'un garçonnet blond imprimée dans la tête.

Deux minutes plus tard, l'adolescent poussait la porte de la pièce. Stella vit immédiatement un enfant blond tenant une figurine de Batman dans chaque main. Il était assis à même le sol. Il leva la tête vers eux pour la redescendre aussitôt d'un air coupable. Il fixait le plancher.

– Viens, Mathis, dit doucement son grand frère. On retourne dans notre maison, OK ?

L'enfant ne bougea pas.

– Je ne te chicane pas, lui assura l'adolescent. On va juste rentrer chez nous. Et... je te donne le choix entre l'ascenseur et l'escalier.

Le petit se leva et son frère aîné poussa un soupir de soulagement.

– Merci ! souffla-t-il à Stella.

– Je n'ai rien fait. Tu y aurais songé aussi.

– Je n'en suis pas si sûr, mais merci quand même.

Au moment précis où Stella mettait les pieds dans l'appartement, la sonnerie stridente d'un téléphone résonna dans la cuisine. Sa mère, un cellulaire à la main, arriva précipitamment.

– Que faisais-tu à l'instant ? lui demanda-t-elle, catastrophée.

« On a un téléphone ? » fut la première pensée de Stella.

– Euh... Je rentre, répondit-elle. Et j'ai aidé un gars à retrouver son frère qui s'était enfui.

– Oui, c'est elle ! dit alors sa mère dans le combiné. D'accord... Merci...

Dès qu'elle mit fin à l'appel, elle plongea son regard vert dans celui de sa fille.

– Mets ton manteau et tes bottes, Plume. Nous partons !

Lucie lui tourna le dos et se plaça devant le réfrigérateur. Elle le tira vers elle jusqu'à ce qu'il sorte de son espace de rangement. Elle se glissa derrière et détacha des velcros qui maintenaient un porte-documents au mur.

– Que se passe-t-il, maman ? C'est parce que j'ai retrouvé le petit garçon ? J'ai utilisé mon don ?

Les yeux de Stella se remplirent de larmes, qui commencèrent à couler sur ses joues.

– Oui, ma Plume, confirma Lucie en passant affectueusement une main sur la joue de sa fille. Mais ce n'est pas ta faute. J'étais tellement obnubilée par le fait que je devais t'en révéler le moins possible sur le monde angélique avant tes quinze ans que je ne t'ai pas montré à contrôler ton don.

Elle enfila son manteau d'hiver. Stella l'imita.

– En un mois, pourtant, j'aurais eu le temps, marmonna Lucie comme si elle se parlait à elle-même. D'ici la fin de la journée, reprit-elle plus fort, je te promets que je donnerai des réponses à toutes tes questions. Pour l'instant, dépêchons-nous.

Lucie s'engagea dans le corridor et emprunta l'escalier pour dévaler les cinq étages. Le simple fait de ne pas prendre l'ascenseur contribua à augmenter le niveau de stress de Stella. Sa mère mit un foulard de laine sur sa tête dès qu'elle s'engagea sur le trottoir. Elle marchait rapidement, sa longue écharpe couvrant presque tout son visage. Son dos légèrement courbé dénotait son envie d'atteindre rapidement sa destination.

La station de métro apparut lorsqu'elles tournèrent le coin de la rue et elles s'y précipitèrent. Dès qu'elles passèrent la porte tournante, une odeur d'huile d'arachide, de poussière grasse et de chien mouillé envahit les narines de Stella. Les murs de béton, les néons et les publicités remplirent son champ de vision. Une fois de plus, la jeune fille pensa qu'elle n'aimait vraiment pas se promener dans cet environnement où les sourires se comptaient sur les doigts d'une main et où tout le monde semblait au bord de la dépression.

Elles payèrent leurs tickets en vitesse, prirent le train de la ligne orange qui se dirigeait vers le centre-ville et s'assirent l'une à côté de l'autre.

– Tu sais, ma Plume, la ville a sa propre beauté, ses odeurs, son rythme. Ce ne sont pas les mêmes qu'en campagne, mais, si tu observes bien, tu apprendras aussi à aimer la métropole.

Stella en doutait beaucoup.

– Où allons-nous ? demanda-t-elle pendant que sa mère observait les passagers autour d'eux.

– Nous rejoignons le quartier général. Ensuite... Oh non !

Lucie pencha d'un coup sec le menton vers sa poitrine et tourna légèrement la tête vers Stella.

– Tu vas bien m'écouter, ma fille, chuchota-t-elle d'un ton excessivement sérieux, en lui prenant le poignet. Lorsque je me lèverai, tu me suivras. Je ne dois pas te lâcher. Si cela arrive, agrippe-moi à ton tour d'une façon ou d'une autre. C'est vital. Tu as compris ? Peu importe ce que tu vois et même si tu désires t'enfuir, ne romps pas le contact. Ma présence masquera la tienne.

– Maman, tu me fais peur ! Que veux-tu dire ? Y a-t-il un démon ?

Le wagon s'immobilisa.

– Tu es unique, mon petit ange ! Si j'arrive à nous sortir d'ici, je t'expliquerai. Sinon, d'autres le feront.

Au moment où les portes du métro allaient se refermer, Stella sentit la prise de sa mère se resserrer autour de son poignet. Elle fut violemment tirée à sa suite en dehors du train. Presque simultanément, elle entendit un bruit sourd derrière elle. Tournant la tête, elle vit que la main d'un homme s'était abattue dans la porte désormais close. Elle aperçut parfaitement son empreinte, le métal moulant le contour de ses doigts. Comment était-ce possible ?

CHAPITRE 3

LA TRANSFORMATION

Stella fut entraînée par sa mère au milieu de la foule massée sur le quai. Elles se ruèrent vers l'escalier roulant et montèrent les marches à toute vitesse. Une fois en haut, elles ralentirent le rythme. Elles marchaient maintenant vite, mais sans courir. Lucie conduisit sa fille vers le centre commercial souterrain. L'endroit était immense. C'était la première fois que l'adolescente y pénétrait. Sa mère ralentit encore un peu le pas, sans doute pour mieux se fondre dans le décor.

– Ils sont trop proches. Nous ne pouvons plus nous rendre par nous-mêmes à la maison mère, car il se pourrait qu'ils nous suivent et il ne le faut absolument pas, lui chuchota sa mère. Il faut juste tenir une vingtaine de minutes et on viendra nous chercher. Viens ! Entrons ici. N'oublie pas : ne lâche pas ma main.

Stella avait le cœur qui palpitait à trois cents battements par minute. Au fond du magasin, Lucie fit semblant d'admirer les vêtements. Toutefois, Stella remarqua que ses yeux ne quittaient pratiquement pas la porte d'entrée. Soudain, une voix masculine venant de l'extérieur résonna dans la boutique comme si elle provenait d'un interphone.

– Eh bien ! Eh bien ! Mes espions me disent qu'un éternel s'est sauvé par ici. J'aimerais bien savoir qui est le lâche qui se cache de nous parmi les humains...

Stella regarda autour d'elle. Deux jeunes femmes se racontaient leur soirée de la veille et la vendeuse présentait à une cliente un énième chandail de laine. Personne à part sa mère et elle ne semblait entendre la voix.

– J'ai toujours détesté le jeu du chat et de la souris, reprit l'homme. Alors, on ne perdra pas de temps et la souris va sortir de sa cachette, d'accord ?... Non ?... Dommage ! Je constate que le câble de l'ascenseur à mes côtés est vraiment usé. Je pense qu'il est sur le point de céder, avec une jeune maman et trois enfants à l'intérieur. C'est triste tout de même.

Lucie tira sur le bras de sa fille et s'approcha de l'entrée de la boutique.

– Albert ! gronda-t-elle pas plus fort que si l'homme était à ses côtés. Ne me menace pas !

– Angéla ? rugit la voix avant d'éclater de rire comme si c'était la meilleure farce de la dernière décennie. C'est vraiment toi ? Impossible. Ça doit bien faire vingt ans. Montre-toi, ma belle !

Lucie ne bougea pas d'un pouce.

– Non ? Comme tu veux ! Je suis certain que tu seras d'accord avec moi pour admettre qu'un ascenseur qui tombe, ce n'est pas assez spectaculaire pour saluer nos retrouvailles. Un feu d'artifice provoqué par le bris de la conduite de gaz serait beaucoup plus approprié, non ?

Le cœur de Stella fit un bond dans sa poitrine. Elle était scandalisée par ces paroles ! L'individu, démon ou pas, ne pouvait être sérieux ! Elle observa sa mère avec appréhension. Comment celle-ci allait-elle réagir ?

Lucie soupira et fit quelques pas en dehors de la boutique en ne lâchant pas la main de sa fille. Stella put voir, deux étages plus haut, au centre d'une passerelle, un homme vêtu d'un long manteau noir, les mains posées sur la rambarde. Il observait le sol, entouré de deux autres personnes. Soudain, il parut les repérer.

– Tu sais que, si tu m'approches, tu seras à jamais marqué, l'avertit Lucie.

– Angéla ! Quel bonheur de te voir ! J'attends nos retrouvailles depuis si longtemps. C'est fou comme le monde est petit ! Les derniers mois m'ont aussi permis de saluer... ou plutôt d'adresser mes adieux à Émile et à Éloi.

Stella sentit sa mère retenir sa respiration. La douleur marqua ses traits.

– Tu mens ! cracha-t-elle.

– Étais-tu au courant qu'Émile avait un fils ? J'avoue que j'ai eu un pincement au cœur en en faisant un orphelin, ajouta-t-il d'un ton désolé.

Son petit sourire en coin et son air satisfait démentaient éloquemment ses propos. Des larmes se mirent à couler sur les joues de Lucie. Elle serra plus fort les doigts de sa fille.

– Tu le savais..., poursuivit l'homme. Comme il était au courant que tu possédais les verres de contact, j'imagine ! Tu ne trouves pas que c'est une très mauvaise idée d'échanger autant d'informations personnelles lorsque vous choisissez de disparaître ?

– Si tu penses que tu vas mettre la main sur...

– Que feras-tu, hum ? Ta force semble avoir radicalement diminué. De toute façon, à cette heure, il est trop tard pour m'en inquiéter. Bon ! Notre discussion m'a fatigué et l'idée d'un petit feu me réjouit de plus en plus.

– Albert ! le menaça Lucie en avançant d'un pas.

Il n'en fallut pas plus pour qu'une flèche vienne s'enfoncer dans le plancher devant elle. Stella sursauta lorsque le carreau de céramique se brisa sous la force de l'impact. Immédiatement, une autre flèche transperça l'épaule de sa mère, qui ploya les genoux.

Stella, muette de terreur, regarda sa mère agenouillée, blanche comme un drap.

– Adieu, Angéla ! dit la voix dure. Allez me chercher ces flèches, vous autres !

– Maman ? lança Stella, affolée. Qu'est-ce que je dois faire ? Maman ?

– Ne... lâche... pas... ma... main...

Stella s'accroupit près de sa mère. Elle sentait la panique l'envahir. Est-ce qu'une flèche dans l'épaule pouvait vraiment être si dangereuse ?

« Il n'y a pas d'organes vitaux dans une épaule », se rappela l'adolescente.

Cette réflexion la rassura un peu. Elle leva la tête et vit que les gens passaient autour d'elles sans s'apercevoir de rien, comme si elles étaient invisibles.

« Comment est-ce possible ? »

Soudain, une femme s'avança d'un pas décidé dans leur direction. Elle avait les yeux rivés sur Lucie. Stella avala difficilement sa salive en voyant ses globes oculaires complètement noirs et le voile sombre qui brouillait l'air autour d'elle. Lorsque la femme fut tout près, elle attrapa la flèche piquée dans le sol aussi facilement que si elle avait été plantée dans du beurre. Puis, l'inconnue se pencha au-dessus de Lucie et mit la main sur la flèche pour la prendre. Au même moment, elle grimaça de douleur et son visage devint si hideux que Stella eut envie de hurler de peur.

La femme se releva néanmoins avec la flèche, sans jamais avoir posé ses yeux de noirceur sur l'adolescente. Elle repartit en titubant vers l'ascenseur.

– Mon petit ange, chuchota sa mère en se couchant à même le sol. Je vais devoir te quitter. Garde ma main dans la tienne jusqu'à ce que quelqu'un arrive et prononce des paroles que toi seule connais. Ne t'inquiète pas, tu comprendras de quoi je parle en les entendant.

– Maman... ce n'est rien. Une flèche dans une épaule, ça se guérit.

– Pas celle-là, ma chérie ! Maintenant, écoute-moi bien. La vie est belle et nous devons la protéger. Tu... dois... la protéger ! Ne laisse pas la rancœur ou un désir de vengeance prendre possession de ton cœur si pur.

Stella avait de la difficulté à respirer, à écouter, à penser ! Une douleur sourde, plus vive qu'elle ne pouvait le supporter, l'envahissait. Des larmes jaillirent de ses yeux. Elle tentait de toutes ses forces de n'émettre aucun son et de ne pas laisser l'affolement qui s'insinuait en elle exploser.

– Prends ce porte-documents, Plume. Tu es la clé... Ma chérie... tu es forte... Plus que tu ne le crois... J'ai confiance en toi... Choisis les bons alliés... Écoute ton cœur... Tu es ma plus grande réussite ! Ma plus belle victoire ! Tu m'as redonné foi en l'avenir !

Au moment où une aura blanche se formait autour de Lucie, Stella ne parvint plus à se retenir et elle éclata en sanglots. Son univers s'effondrait et elle ne savait pas comment l'en empêcher. Au bout de plusieurs minutes, bien après que le cœur de sa mère eut arrêté de battre, elle s'allongea à ses côtés malgré son désarroi, sans lâcher sa main. Les gens marchaient en décrivant un large cercle autour d'elles, comme s'ils ne pouvaient pas approcher, même s'ils ne voyaient rien.

Une demi-heure passa.

Un homme noir d'environ quarante ans, grand et costaud, finit par traverser la ligne invisible. Il s'agenouilla près de la mère de Stella, pencha la tête et laissa deux larmes couler sur ses joues. L'adolescente resta étendue au sol. Elle ne pleurait plus. En état de choc, elle ne bougea pas d'un pouce. L'homme dit :

– C'était un grand ange guerrier ! La meilleure d'entre nous ! Malgré toutes les fois où elle a mis sa vie en danger, jamais je n'aurais cru que ce jour viendrait.

Stella resta silencieuse.

– Je te vois, petite. La protection dont t'a couverte ta mère ne servait pas à te cacher aux gens de notre espèce, mais à nos ennemis. Tu dois venir avec moi.

L'adolescente ne savait pas comment réagir. Elle ignorait à qui faire confiance. Elle pressentait soudain que le monde était plus grand et plus sombre qu'elle ne le pensait. Elle se rappela les paroles de sa mère.

– Pouvez-vous prononcer les mots magiques ? demanda-t-elle d'une voix éteinte.

– Les mots magiques ? Je ne suis pas sûr de les connaître. Tu avais une entente avec ta mère ? Elle ne pouvait pas savoir que ce serait moi qui viendrais. Tu vas devoir me croire.

– Jamais ! chuchota-t-elle en se pressant davantage contre le corps de Lucie.

L'homme soupira.

– Une chose à la fois. Je vais m'occuper d'Angéla et, ensuite, nous parlerons jusqu'à ce que je trouve les fameux mots. Je dois te prévenir que, lorsque j'aurai fini de parler, le corps de ta mère disparaîtra en quelques secondes.

Pourquoi cet homme appelait-il sa mère Angéla ? Le démon avait fait pareil. Craintive et affolée, Stella se décida à s'agenouiller, sans lâcher la main de Lucie. Elle ne voulait pas qu'elle se volatilise.

– Depuis le début des temps, récita l'étranger avec une voix solennelle, bien avant que l'homme soit, les éternels protègent cette terre. Depuis que l'humanité nous est accessible, les choix sont plus nombreux, les chemins, plus sinueux, et la lutte, plus ardue. Que la lumière éclaire notre âme ! Que la paix envahisse notre esprit ! Que la bonté guide nos actions ! Que, toujours, la foi en un monde meilleur nous pousse vers l'avant. Angéla... poursuis ta route dans l'autre monde... avec le courage que tu as eu dans celui-ci !

À ce moment, un courant lumineux se forma entre Lucie et sa fille, mais son corps resta intact. L'homme haussa les sourcils, l'air surpris.

– Je vais vous suivre, chuchota l'adolescente.

– Les mots que tu souhaitais que je prononce étaient la prière des éternels ?

Stella avait toujours cru que c'était Lucie qui avait inventé cette prière et que personne à part elles ne la connaissait. Si c'était la première chose que cet homme disait en voyant sa mère, c'était certainement le signe qu'elle attendait. Elle hocha donc la tête.

– Elle ne l'a jamais nommée ainsi, mais elle me l'a fait apprendre par cœur quand j'étais petite. Elle remplaçait « éternels » par « anges », mettait tous les pronoms à la troisième personne, et la dernière phrase n'y était pas.

Puis, se souvenant de l'avertissement de l'homme, elle s'exclama :

– Pourquoi ne s'est-il rien passé ? Vous avez dit que maman disparaîtrait.

– Je l'ignore. Mais ta mère était la plus forte d'entre nous. Je pense que sa protection demeurera tant que tu lui tiendras la main. Prends la mienne, je te protégerai à mon tour jusqu'à ce que nous ayons quitté cet endroit.

Stella jeta un regard paniqué autour d'elle.

– Ils sont encore ici ? demanda-t-elle en commençant à trembler.

– Non, la rassura l'homme en se relevant avec grâce, mais il y a des caméras et, si tu apparais comme ça au milieu du hall, on posera sans doute beaucoup de questions.

Stella attira le porte-documents entre ses deux pieds et prit la main tendue. Doucement, elle glissa ses doigts hors de la poigne de sa mère. Dès que ce fut fait, le corps de Lucie devint lumineux, puis vaporeux. Il se transforma en un million de petites étoiles qui commencèrent à s'élever vers le plafond, trois étages plus haut. Sous le regard de son garde du corps, qui semblait toujours aussi surpris, certaines de ces étoiles se dirigèrent vers Stella et pénétrèrent en elle. L'adolescente n'avait jamais vu de plus beau spectacle. La peur, la colère et la peine la quittèrent comme par magie et une force tranquille s'installa dans son cœur.

Lorsque toutes les étoiles eurent disparu, elle empoigna le porte-documents de sa mère, et l'homme se mit en marche.

– Quel est votre nom ? voulut savoir la jeune fille en cheminant à ses côtés.

– Jules. Et le tien ?

– Stella.

– Ça te va très bien, dit-il en souriant. Maintenant, je pense que nous devrions garder le silence, sinon les gens vont croire que je parle seul.

L'adolescente approuva cette logique d'un geste de la tête. Elle était étonnée de se sentir si bien avec cet ange inconnu alors que sa mère venait juste de mourir. Il n'y avait aucune cohérence entre le sentiment de calme qui l'habitait et les événements tragiques qu'elle venait de vivre. C'était comme si les étoiles avaient emporté sa tristesse tout en lui donnant la force de poursuivre sa route.

* * *

Stella regardait les piétons sur les trottoirs de Montréal par les vitres de la voiture. Auparavant, Jules et elle avaient rejoint trois autres adultes qui n'avaient pas prononcé un seul mot, mais qui l'avaient dévisagée bizarrement. Puis, ils avaient tous repris le métro sans que Stella lâche la main de son nouveau gardien. Une fois parvenus à l'avant-dernière station de la ligne, ils étaient sortis et ils étaient montés dans deux véhicules. Jules avait ouvert la porte du conducteur et avait tiré légèrement sur le bras de la jeune fille pour lui faire comprendre que c'est par là qu'elle devait atteindre le siège du passager. Ce fut toute une gymnastique pour monter dans l'automobile, étant donné que l'homme semblait ne vouloir faire aucun mouvement qui puisse le trahir. Peut-être y avait-il des caméras là aussi.

Dès que le moteur avait démarré, les vitres étaient devenues bleues et il lui avait lâché la main. Ils avaient emprunté l'autoroute pendant quelques minutes, puis avaient bifurqué vers des quartiers résidentiels avant de revenir au centre-ville.

De temps en temps, Stella observait Jules du coin de l'œil. Ses cheveux noirs étaient coupés très court et il était rasé de près. Il émanait de lui une grande force qui la faisait se sentir en sécurité.

– Où allons-nous ? finit-elle par demander.

– Au quartier général.

« C'est là que maman voulait aller tantôt », se souvint Stella, alors que l'effet des étoiles s'estompait et que la tristesse reprenait tranquillement possession de son cœur.

– Nous sommes presque arrivés. Le gratte-ciel où nous nous rendons abrite la maison mère et l'école où tu seras probablement admise.

– Il y a une école à l'intérieur du gratte-ciel ?

– Oui. C'est l'Académie de l'Envolée. C'est là qu'on forme les éternels.

– Mais moi, je ne suis qu'un demi-ange.

Jules tourna la tête vers elle avec un sourire.

– Tu te rappelles les étoiles qui sont entrées en toi tantôt ? En mourant, ta mère a pris sa décision. Tu es maintenant un ange !

CHAPITRE 4

LE PORTE-DOCUMENTS

La voiture s'engagea enfin dans un stationnement souterrain. Stella tourna la tête et constata que le second véhicule continuait sa route.

– Ils vont patrouiller encore un peu dans le secteur, lui révéla Jules, qui avait suivi son regard.

Il immobilisa l'automobile deux étages plus bas et invita Stella à l'accompagner.

Ils prirent l'ascenseur jusqu'au vingt et unième et débouchèrent sur un grand hall. On aurait dit l'entrée d'un hôtel chic avec son immense lustre au plafond, son plancher de marbre et son long comptoir en bois sculpté, derrière lequel se tenait une femme, un téléphone à la main.

Un homme d'une trentaine d'années portant le kilt écossais se dirigea vers eux. Il semblait vivre dans un autre siècle. Son sourire chaleureux et ses yeux rieurs plurent immédiatement à Stella, qui se sentit en confiance avec lui.

– Bonjour, Stella, prononça-t-il avec gentillesse. Je suis désolé que ce soit des événements aussi tragiques qui t'amènent ici. Sache toutefois que tu es la bienvenue. Nous ferons notre possible pour que cette transition s'effectue en douceur. Je me nomme Kyle Menzies. Tu peux m'appeler monsieur Kyle ou monsieur Menzies. Je suis le directeur de l'Académie.

Il se tourna vers Jules.

– Merci ! Je m'occupe d'elle. Une cérémonie est prévue pour Angéla à vingt heures.

Stella avait bien compris que sa mère avait eu plusieurs identités au cours de sa longue vie, mais l'entendre se faire appeler tout le temps « Angéla » était déroutant.

« C'est comme s'ils connaissaient maman plus que moi ! » se dit-elle avec beaucoup de chagrin.

Jules la salua et reprit l'ascenseur.

Dès que les portes se refermèrent sur lui, Stella se sentit désemparée et chercha son souffle. Aussitôt, une chaleur agréable se répandit en elle et le calme l'envahit. Elle inspira profondément et, sous un signe de sa part, elle emboîta le pas à monsieur Menzies. Celui-ci la guida dans un large corridor bordé de salles de réunion, de petits salons et de pièces closes.

– Jules est un ange gardien d'éternels, lui expliqua le directeur en bifurquant vers un bureau aux grandes vitres teintées. Ça peut paraître bizarre, mais les anges aussi ont parfois besoin de protection.

– Je suis bien placée pour le savoir, répliqua spontanément Stella d'une voix dure.

Elle se mordit les lèvres. Elle ne voulait pas se montrer impolie.

– Tu as raison, consentit l'ange. Je suis désolé de t'avoir heurtée. Je t'en prie, assois-toi.

Stella s'installa dans un fauteuil et observa les lieux. Un magnifique bureau de bois foncé, sculpté avec soin, occupait une partie de la pièce. Quelques bibliothèques remplies de livres anciens trônaient près des fenêtres. Les murs étaient couverts de grandes tapisseries bleues illustrant un ciel d'été, avec des nuages cotonneux et des volées d'outardes.

– J'imagine que tu as plusieurs questions. Je peux y répondre tout de suite… ou demain si tu préfères.

Contre toute attente, la première question qui franchit les lèvres de la jeune fille fut :

– Qui est Albert ?

Kyle ouvrit de grands yeux surpris et serra les mâchoires avant de répondre.

– Un chef démon.

– Pourquoi a-t-il tué ma mère ? chuchota-t-elle.

– J'ignorais que c'était lui qui l'avait fait. Les éternels ont pour mission de protéger la vie sur terre. Les démons font l'inverse. Ta mère a combattu férocement, pendant de nombreuses années, le clan d'Albert. Celui-ci a perdu plusieurs alliés sombres. Il devait rêver depuis longtemps d'arrêter Angéla !

– Ma mère s'appelait Lucie ! explosa l'adolescente.

– Oui… bien sûr…, acquiesça le directeur de sa voix posée. Crois-moi si je te répète que je ne souhaite pas te heurter. Pour nous, elle s'est toujours appelée

Angéla. C'était son véritable prénom. Elle a contribué à fonder cette Académie ainsi que son programme d'enseignement.

Stella prit une grande inspiration pour retrouver son calme. Elle n'avait pas voulu s'emporter de nouveau, mais elle devait faire face à beaucoup d'émotions en très peu de temps.

– Qu'est-ce qui m'attend ? voulut-elle savoir.

– Nous allons te laisser quelques jours pour faire ton deuil et retrouver un certain niveau de sérénité. Puis, si tu le désires, tu pourras intégrer cette école, même si tu n'as que douze ans. Sinon, nous effacerons ta mémoire et tu retourneras dans le monde, en tant qu'humaine.

– Seule ?

– Ne t'inquiète pas de cela.

– Ça prend combien d'années pour « devenir » une éternelle ?

– Tu étudieras et tu acquerras de l'expérience pendant à peu près trente ans, selon le programme d'études que tu sélectionneras. Ce pourrait aussi être plus long.

« Trente ans ? »

– Mais je serai vieille lorsque je sortirai d'ici ! s'exclama l'adolescente.

– Un ange choisit la vitesse à laquelle son corps vieillit. Si tel est ton souhait, tu auras encore douze ans.

Stella se souvint que sa mère lui avait déjà expliqué cela, mais le réentendre paraissait aussi bizarre que la première fois. En passant doucement les mains sur le porte-documents de Lucie posée sur ses genoux, elle s'aperçut que de nouvelles larmes menaçaient de déborder.

– Si tu veux, dit doucement l'Écossais, nous l'ouvrirons ensemble après la cérémonie de ce soir et je pourrai probablement t'en expliquer le contenu. Pour l'instant, aimerais-tu te reposer ?

Stella approuva et le directeur de l'Académie la conduisit à une chambre d'invités au vingt-troisième étage de l'édifice. Il lui assura qu'il reviendrait la chercher dans quelques heures.

Stella observait la ville par la fenêtre. On lui avait attribué une petite pièce pimpante, peinte de jaune et de blanc. Elle était meublée d'un lit avec une grosse couette moelleuse, d'une chaise berçante, d'une commode, d'une bibliothèque garnie de romans en différentes langues et d'un minuscule bureau pour écrire. Après avoir fait le tour des lieux, la jeune fille avait posé sur l'édredon le porte-documents de sa mère. N'étant pas parvenue à l'ouvrir, elle avait laissé glisser son regard vers la ville à ses pieds, s'était assise dans la chaise berçante et avait essayé de digérer tout ce qui lui était arrivé ainsi que ce qu'elle avait appris.

Elle eut conscience qu'on lui apportait un plateau de nourriture. Elle entendit les mots de réconfort, mais, comme assommée, déconnectée de la réalité, elle avait continué à fixer le flot de voitures qui parcouraient les rues de la métropole.

Une délicieuse odeur de brioche à la cannelle lui chatouillait les narines, et son ventre criait famine. Alors, même si son esprit aurait voulu fuir la réalité, son corps la força à se lever. Elle observa le plateau. Une immense brioche, un verre de lait, des fraises et des amandes grillées n'attendaient qu'elle.

« Je dois manger ! » songea-t-elle en jetant un coup d'œil au réveil.

Il était dix-neuf heures. Monsieur Menzies avait dit que la cérémonie pour sa mère se tiendrait à vingt heures. Stella examina les vêtements qu'on avait déposés pour elle à côté du plateau-repas. Il s'agissait d'une robe bleu marine au corsage légèrement plus pâle parsemé de toutes petites pierres. Elle mangea une partie de la collation et enfila la robe. Le vêtement lui allait comme un gant. Elle ouvrit un des tiroirs de la commode, y trouva une brosse à cheveux et entreprit de s'occuper de son apparence. Elle savait que sa mère aurait apprécié ses efforts.

Lorsqu'on frappa à la porte, elle était prête. Monsieur Menzies lui-même se tenait devant elle. En silence, Stella attrapa le porte-documents et ils descendirent au cinquième étage du gratte-ciel. Au bout du corridor, ils pénétrèrent dans une vaste pièce ne contenant ni chaises ni bancs. Une centaine de personnes de tous âges y étaient rassemblées. Elles s'écartèrent pour les laisser passer. Stella se sentait intimidée. Qui étaient tous ces gens ? Elle aperçut Jules, qui lui sourit doucement. Aussitôt, elle eut l'impression que son rythme cardiaque diminuait un peu. Une personne replaça une écharpe sur son épaule, attirant son attention. Au moment où leurs regards se rencontrèrent, ses jambes la portèrent un peu mieux.

En tout, elle croisa le regard de cinq personnes, et chacune d'elles sembla lui transmettre juste assez de force, de chaleur et de paix pour que la boule dans sa gorge qui menaçait de l'étrangler finisse par fondre. Pour les remercier, elle laissa alors un sourire illuminer ses traits.

– Le sourire d'Angéla, entendit-elle murmurer par quelques personnes autour d'elle, pendant que des larmes naissaient dans les yeux de plusieurs.

Monsieur Menzies prit la parole.

– La mort d'une éternelle représente toujours une grande perte pour l'humanité. La mort d'un ange guerrier est un véritable drame. Tous ici, nous connaissons la valeur de celle qui nous a quittés. Unissons nos voix, nos cœurs et nos pensées pour que rejaillissent sur le monde les étoiles de sa vie. Que chacune d'elles atteigne un homme ou une femme qui en a besoin, pour qu'à leur tour ils puissent faire jaillir l'amour et la paix autour d'eux.

Les voix s'élevèrent instantanément dans un magnifique chant qui sembla à Stella provenir directement du ciel. Rapidement, elle se laissa porter par lui. Elle rappela à son souvenir les images traumatisantes de la journée: l'inconnue aux yeux sombres, Albert et sa voix faussement douce, mais surtout menaçante, l'individu dans le métro, la course, la douleur, la peine, les larmes. La musique effaçait lentement les cauchemars à venir. Elle atténuait la souffrance au point où Stella se mit à penser à sa mère avec sérénité. La jeune fille percevait sa présence et son amour.

Tu es ma plus grande réussite! Ma plus belle victoire! avait-elle dit. Alors, le cœur de nouveau rempli d'amour, Stella leva la tête vers le plafond de la salle. Ce faisant, elle perdit contact avec ce qui l'entourait. Elle ferma les yeux et pensa à sa mère qu'elle adorait. Elle se sentait plus forte que jamais.

– Ce soir, Angéla nous a quittés et nous accueillons sa fille, Stella, parmi nous. L'équilibre est maintenu. Aidons-la à devenir ce qu'elle doit être et poursuivons notre mission de paix!

Stella aurait dû être épuisée après la journée qu'elle venait de vivre, mais elle se sentait au contraire pleine de vie. Lorsque monsieur Menzies, Jules et un autre homme lui proposèrent de se joindre à eux dans une grande bibliothèque du onzième étage, elle accepta. Elle pénétra dans la pièce à leur suite et resta stupéfaite. Un gigantesque tapis rouge vin cachait partiellement le parquet de bois sombre. Les murs étaient chargés de livres du sol au plafond, à l'exception d'un espace réservé à un long meuble ouvragé. Au milieu des rayons, on avait disposé quelques bibelots et objets précieux. De gros fauteuils confortables trônaient ici et là, ainsi que trois bureaux de travail.

Stella avança en se disant que cet endroit devait être le plus beau de tout le gratte-ciel. D'un geste, le directeur l'invita à déposer son porte-documents sur une petite table. Elle s'abstint de mentionner qu'elle n'était pas parvenue à l'ouvrir.

– Je te présente Adam White, commença monsieur Menzies. Monsieur White a commencé sa carrière d'éternel auprès de Benjamin Franklin.

– ... Et je peux vous dire, mademoiselle, qu'il n'était pas facile à protéger, ajouta le petit homme aux lunettes rondes. Cette expérience s'est avérée extrêmement formatrice. Je lui dois ma passion pour mon métier.

– Monsieur White est notre expert en outils et en matériel particulier, précisa Jules.

Stella tentait d'assimiler l'information selon laquelle l'homme devant elle avait vraiment connu le célèbre scientifique Benjamin Franklin, mort à la fin du XVIIIe siècle. Pendant ce temps, monsieur White se pencha sur ce qu'elle avait apporté.

– Il s'agit d'une œuvre d'Ernesto de Luz, commenta-t-il. Ce porte-documents est quasi indestructible. Il résisterait au feu, aux balles et probablement à l'effondrement d'un édifice en entier. Toutefois, nous devrons nous montrer très prudents, car, si on en force l'ouverture, son contenu s'autodétruira. Il faut les bonnes clés.

– *Les*? répéta Jules.

– Ernesto de Luz est connu pour ses mécanismes complexes, leur apprit l'homme. Je vois trois serrures. La clé qui correspond à la première semble être un petit objet aussi mince qu'une samare et long comme la première phalange d'un doigt.

– Jules, a-t-on trouvé quelque chose du genre dans son appartement? demanda monsieur Menzies.

«Ils sont allés chez moi!» comprit Stella.

– Non, répondit l'homme noir, mais ce n'est pas étonnant. Jamais Angéla n'aurait laissé quelque chose d'aussi important derrière elle. Elle l'a caché quelque part. Ça peut aussi bien être ici même, à l'Académie, que dans n'importe quel coin reculé de la planète.

– Elle aura laissé des indices, assura l'Écossais. On doit chercher méthodiquement.

Le regard de Jules glissa sur Stella.

– Je ne serais pas étonné que tu connaisses cette clé, jeune demoiselle. Réfléchis bien. Un objet plat, mince et de quelques centimètres de long.

Stella porta machinalement la main à son cou. Elle y trouva sa chaîne. En tirant délicatement dessus, elle fit remonter le médaillon qui pendait au bout. Il s'agissait d'une plume en argent que sa mère lui avait offerte pour ses neuf ans. Lucie lui avait expliqué que c'était la plume d'un ange et qu'elle devait toujours la garder sur elle.

– Vous permettez ? demanda monsieur White en tendant la main.

Stella détacha la chaînette et la lui remit.

– Ça fonctionne, leur apprit l'homme après avoir inséré la plume dans la première fente. Maintenant, il nous faut un code à six chiffres.

– Si elle détenait la première clé, émit monsieur Menzies, il est possible que Stella ait aussi la réponse qui mènera à la deuxième.

– C'est peut-être bien ma date de naissance ? suggéra-t-elle.

– Je ne crois pas qu'Angéla aurait utilisé ce genre de combinaison facile que n'importe qui peut deviner. C'est sûrement un code plus subtil. Une information que toi seule peux savoir.

– Une date particulière..., proposa Jules.

– Ou une adresse..., renchérit monsieur White.

– Un code secret, ajouta monsieur Menzies, une référence à un livre, un numéro de cadenas, une farce, une heure précise... Cherche quelque chose que vous seules partagiez.

– Vous avez dit une farce ?

Monsieur Menzies haussa les sourcils de surprise. À l'évidence, il avait parlé sans réfléchir. Il hocha néanmoins la tête.

– Je sais que ç'a l'air idiot, dit Stella, mais pourriez-vous essayer « 4-4-4-7-1-9 » ?

Monsieur White s'exécuta et un déclic retentit. Stella sourit de toutes ses dents.

« Je t'aime, maman ! » pensa-t-elle.

Voyant l'air interrogateur des anges autour d'elle, elle expliqua :

– Lorsqu'elle venait me réveiller les matins où je dormais trop longtemps à son goût, maman me posait toujours la même question : « Quels sont les chiffres préférés de la poule ? » Et elle m'agaçait et me chatouillait jusqu'à ce que je lui donne la réponse : 4-4-4-7-1-9. C'était tellement ridicule comme jeu et ça durait depuis si longtemps qu'elle m'exaspérait avec ça, mais, en même temps, je ne pouvais pas m'empêcher de rire chaque fois.

Les trois adultes se déridèrent devant ce souvenir, puis le directeur de l'Académie demanda :

– Et maintenant, monsieur White ? Que manque-t-il ?

– À dire vrai, je l'ignore. La troisième serrure a la forme d'un petit récipient. Je vois bien la coupole de quelques millimètres de diamètre. Toutefois, j'ignore ce qu'on doit y mettre. À première vue, je dirais un liquide.

Ils essayèrent de l'eau du robinet, de l'eau gazéifiée, de l'eau distillée, du vin rouge, du vin blanc, quatre sortes de nectar, cinq sortes de jus.

– C'est impossible, décréta Jules. Nous n'y arriverons jamais de cette façon.

Le silence se fit. Chacun plongea dans ses pensées. Depuis plusieurs minutes, quelque chose dérangeait Stella, mais elle n'arrivait pas à mettre le doigt dessus. Finalement, les paroles de sa mère lui revinrent en mémoire. *Prends ce porte-documents, Plume. Tu es la clé...*

– Je suis la clé..., murmura l'adolescente.

Levant la tête, elle observa les trois hommes, qui avaient le regard fixé sur elle.

– Maman a dit que j'étais la clé. Et ça s'est confirmé pour les deux premières serrures.

– Alors, vous l'êtes aussi pour la troisième..., chuchota monsieur White, les yeux brillants d'excitation. Logique...

Il se leva de son fauteuil et se dirigea vers sa petite valise. Il revint vers Stella avec une aiguille.

– Je pense que la clé est votre sang, chère demoiselle. Me permettez-vous d'en prélever un peu ?

– Euh... oui..., murmura l'adolescente.

L'homme lui prit la main et enfonça l'aiguille dans le bout de son majeur. Puis, en appuyant de chaque côté, il fit perler quelques gouttes de sang qu'il laissa tomber dans la minuscule coupole. Un troisième déclic se fit entendre.

Cérémonieusement, l'éternel tourna alors le porte-documents vers Stella. La jeune orpheline prit le temps d'inspirer et d'expirer avant de l'ouvrir. Elle découvrit que le fond de la valise était séparé en cinq compartiments de différentes tailles, recouverts chacun d'un couvercle.

Les trois adultes se penchèrent au-dessus de ses épaules. Stella souleva le premier. Une pile de vieux documents roulés occupait l'espace.

– Les manuscrits d'Angéla sont précieux et recèlent beaucoup d'informations sur le monde angélique, lui apprit Jules. Avec ta permission, Stella, nous pourrions les entreposer dans une section spéciale et protégée de la bibliothèque de l'Académie, afin qu'ils ne se dégradent pas.

Stella hocha la tête. Cela lui semblait logique. Trois autres compartiments étaient remplis d'instruments en métal blanc inconnus de la jeune fille.

– Ces sept outils servent à combattre les forces du mal, poursuivit monsieur White. Il faut une solide formation, une réserve de bonté hors du commun et une volonté exceptionnelle pour pouvoir les utiliser. Votre mère possédait tout cela. Je pense que l'on devrait remettre ces instruments à un autre ange guerrier.

– C'est ce que ma mère était, n'est-ce pas ? valida la jeune fille.

– Oui, une chasseuse de démons, approuva le directeur. Elle faisait partie d'une unité d'élite qui avait pour mission de tenir les forces du mal à distance. On ne confie cette charge qu'à un groupe très restreint d'anges, car il s'agit d'un travail exigeant et extrêmement dangereux. Ils doivent exceller dans un grand nombre de domaines et avoir des dons angéliques puissants et très développés. Il faudra voir quel ange guerrier est le plus apte à hériter des outils d'Angéla.

Stella ne comprenait pas trop ce que cela représentait, mais la vision d'Albert surgit dans sa tête et un désir de vengeance lui serra le cœur. Il fallait que quelqu'un arrête cet homme mauvais. Si sa mère les avait gardés à portée de main, c'était sans doute que ces instruments pouvaient s'avérer utiles. Elle aurait voulu que quelqu'un s'en serve. L'adolescente acquiesça donc d'un mouvement de tête à la suggestion de monsieur White.

La cinquième section contenait un coffret avec le nom de Stella gravé dessus. Elle s'en empara et le déposa sur ses genoux.

– Il s'agit aussi d'une œuvre d'Ernesto de Luz, lui apprit monsieur White. Il s'ouvre à l'aide de votre empreinte digitale. C'est extrêmement précieux. Voici ma carte, mademoiselle. Si, un jour, vous désirez vous départir de votre coffret, je souhaiterais l'acheter.

Stella prit la carte, et monsieur Menzies alla reconduire l'ange à l'ascenseur. Lorsqu'il revint, il tira une chaise devant la jeune fille et s'y assit.

– Je conçois que cette journée fût extrêmement exigeante pour toi. Je tiens à t'assurer que tu as fait preuve d'un grand courage et que ta mère serait fière de toi ! Comme je te l'ai dit cet après-midi, tu peux rester ici sans crainte. Nous veillerons sur toi. Pour l'heure, je pense que le moment du repos a sonné. Veux-tu que je te reconduise à ta chambre ?

L'adolescente eut soudain hâte de se retrouver seule.

– Je peux m'y rendre. Je me souviens du chemin.

– Parfait ! Une fois dans l'ascenseur, appuie ton index sur la petite plaque à côté des boutons, et les étages où tu as le droit d'aller s'illumineront. Ta chambre est au vingt-troisième, lui rappela-t-il.

La jeune fille se leva en tenant contre son cœur la petite boîte de bois laissée par sa mère. Elle salua les deux adultes et sortit de la bibliothèque. Elle rejoignit l'ascenseur et suivit les instructions de Kyle. Trois choix d'étage apparurent : le rez-de-chaussée, le onzième et le vingt-troisième.

« Tiens ! Je ne peux pas retourner au bureau de monsieur Menzies, au cinquième », constata-t-elle.

Elle avait l'impression qu'une semaine s'était écoulée en l'espace de quelques heures. Elle n'arrivait pas à concevoir que, le matin même, sa mère était près d'elle.

Arrivée au vingt-troisième étage, elle quitta l'ascenseur. De petits lustres accrochés aux murs éclairaient les planchers de bois foncé et les hauts plafonds. Elle tourna dans un grand corridor de couleur crème. Elle savait que sa chambre se trouvait de ce côté. Elle avançait lentement. Maintenant qu'il était si tard et que toutes les portes étaient fermées, retrouver son chemin ne lui semblait plus si simple. Elle se rendit jusqu'au bout du couloir, puis revint sur ses pas. Il y avait exactement dix portes dans cette section et elle s'aperçut qu'elle ignorait laquelle pousser. Elle songea à regagner la bibliothèque du onzième lorsqu'un battant s'ouvrit derrière elle.

Une vieille femme aux cheveux blancs et au regard doux apparut. Sans dire un mot, elle la précéda. Elle désigna la quatrième pièce de droite et lui fit signe d'y entrer. Jetant un coup d'œil à l'intérieur, Stella reconnut les murs jaunes.

– Merci, chuchota-t-elle.

La femme hocha la tête, tendit la main et lui flatta la joue avec un beau sourire. Stella sentit une vague de calme l'envahir et elle entra dans sa chambre. Malgré sa fatigue, il lui restait une chose importante à faire : découvrir ce que sa mère lui avait légué.

CHAPITRE 5

L'ACADÉMIE

Assise en tailleur sur le gros édredon moelleux de son lit, Stella prit une grande inspiration et posa son index sur la petite plaque au centre du boîtier. Dès que son empreinte digitale fut enregistrée, le couvercle se souleva d'environ un centimètre, comme par magie. Elle l'ouvrit en entier et vit une lettre qui semblait ancienne. Elle attrapa le feuillet et le déroula.

Ma très chère Plume,

Les risques que ce ne soit pas toi qui aies déchiffré ce message sont minces, mais ils existent. Aussi, deux nouvelles épreuves t'attendent avant que tu découvres ton héritage.

Vole, ma Plume. Déploie tes ailes. Le monde est beau et ton avenir est devant.

Je t'aime du plus profond de mon cœur!

Maman

« C'est tout ! » pensa-t-elle, déçue.

Elle relut deux autres fois le message.

– Qu'est-ce que ça peut bien vouloir dire ? murmura la jeune fille.

Quand elle réalisa que jamais elle n'entendrait la réponse à sa question, son cœur se serra. Elle se coucha en boule sur sa douillette et, les bras enroulés autour d'elle, éclata en sanglots. Elle pleura fort et longtemps. Sa mère lui manquait tellement! La jeune fille ne pouvait pas croire qu'elle ne la reverrait jamais.

Alors qu'elle peinait à reprendre son souffle, une vague de calme la traversa. Puis, d'autres vinrent. Chaque fois, c'était comme si un être cher se tenait près d'elle et lui caressait le dos et les cheveux. Ses larmes se tarirent et elle finit par s'endormir.

Le lendemain, Stella fut réveillée par le soleil. Elle aimait les matins. Malgré le drame qu'elle vivait, elle se leva d'un bond et alla faire sa toilette. Un inventaire du contenu de la commode de sa chambre s'imposait. La jeune fille y trouva trois chandails, une jupe et deux pantalons, tous à sa taille. Elle choisit le chandail lilas et la longue jupe couleur crème.

Après l'avoir relue, elle rangea soigneusement la lettre de sa mère dans le coffret, qu'elle referma. Sur la porte de sa chambre se trouvait un plan de l'étage situant les pièces communes, dont une salle à manger.

Elle s'y rendit. Une dame au teint basané, qui avait tout l'air d'être mexicaine, l'accueillit avec un grand sourire. Elle lui proposa de se servir parmi les mets déposés sur un long meuble à six tiroirs. Stella la remercia en espagnol et, affamée, accepta l'offre avant de prendre une assiette.

La femme quitta la pièce pendant que l'adolescente observait les plats. Stella reconnaissait bien quelques fruits comme les fraises, les pommes et les oranges, mais elle ignorait totalement ce que pouvaient être les pommes mauve et turquoise, les baies brunes avec des pois écarlates et les branches de céleri orange lignées de rose.

En plus, il y avait un plateau qui contenait de minces galettes un peu brûlées. À côté se trouvaient des corbeilles chargées de petits pains et de croissants, et de minuscules verres remplis d'un liquide jaune.

L'adolescente fit un choix sûr. Elle prit une pomme rouge et un croissant. Elle mordit à belles dents dans le fruit et ouvrit les yeux de ravissement. Elle tenait entre ses doigts la meilleure pomme qu'elle ait mangée de toute sa vie.

À la fin de son repas, monsieur Menzies vint la rejoindre. De bonne humeur, il attrapa un des minuscules verres, en avala le contenu et poussa une exclamation de contentement. Stella sourit. L'ange ne ressemblait tellement pas à l'image qu'elle se faisait d'un directeur d'école ! Jeune, musclé, habillé de son kilt écossais, il lui semblait plus *flyé* que sérieux.

– Je peux vous poser une question ? demanda-t-elle.

– Bien sûr ! Je vais même tenter d'y répondre, ajouta-t-il avec un clin d'œil.

– C'est quoi, le liquide que vous avez bu et tous ces fruits bizarres ?

– Le liquide est un nectar. Nous en produisons plusieurs à base de différentes fleurs. Il s'avère extrêmement nutritif pour un ange, en plus d'avoir un goût sublime. D'une certaine façon, il nourrit ton âme. J'ai de la difficulté à l'expliquer. Pour les fruits, c'est plus simple. Ils proviennent tous de nos serres. Il s'agit pour la plupart d'aliments modifiés à l'aide de nos capacités angéliques. Tu as dû te rendre compte que les pommes, les oranges, les fraises ou les mangues avaient un goût extraordinaire ? Tu n'en mangeras jamais de meilleures que dans une résidence d'anges. D'autres, comme les baies tachetées de rouge, existaient avant que l'homme n'apparaisse sur terre. Ils ont disparu depuis des millénaires, mais nous avons réussi à en préserver de petites quantités que nous continuons à faire pousser.

– Ce sont des baies préhistoriques ?

– En quelque sorte, dit en rigolant le directeur. Et maintenant, que dirais-tu de visiter les étages réservés à l'Académie ? proposa-t-il.

Enthousiasmée par cette idée, Stella hocha la tête avec empressement.

– Après vous, gente damoiselle, lui lança-t-il avec une profonde révérence qui la fit pouffer.

Une fois dans l'ascenseur, l'adolescente remarqua que, sous l'empreinte de Kyle, tous les boutons étaient allumés. Il choisit le neuvième étage.

– Cet immeuble est particulier, lui expliqua-t-il. Le rez-de-chaussée ainsi que les trois étages au-dessus sont occupés par des commerces et des bureaux gérés par des humains. Cela crée un va-et-vient constant d'employés et de clients. On évite ainsi d'attirer l'attention sur nous. Bien sûr, ils n'ont pas de carte d'accès pour les étages supérieurs.

– Qu'y a-t-il aux autres étages ? s'informa Stella.

– L'Académie en accapare quatre à elle seule. Le pavillon d'éternels en transition, celui d'anges en vacances et la résidence servant aux éternels en réorientation et en perfectionnement en occupent quatre autres. Le vingt-troisième est essentiellement composé de chambres d'invités et le onzième, que tu as vu hier, abrite notre grande bibliothèque et trois spacieuses salles. Pour le reste, ce sont surtout des bureaux et des salles de réunion. Si tu décides de poursuivre ta formation avec nous, tu seras admise à l'Académie et tu auras accès aux étages qui lui sont consacrés.

Stella retint son souffle quelques instants. Il s'agissait d'une grosse décision ! En plus, elle devrait la prendre seule. Personne n'était là pour l'épauler ou la conseiller. Ouf !

– Est-ce que je pourrai rester dans ma petite chambre jaune au vingt-troisième ? voulut-elle savoir.

– Non. Tu seras logée au neuvième, comme les autres élèves.

– Oh ! OK ! Et pour les vacances ?

L'Écossais sourit.

– Souviens-toi... le temps n'a pas la même signification pour les humains et pour les éternels. Tu n'auras pas vraiment besoin de ce que tu appelles des « vacances d'été » ou un « congé de Noël ».

L'adolescente était perplexe. Est-ce qu'il essayait de lui dire qu'en plus de ne pas vieillir et d'étudier pendant plus trente ans, elle n'aurait jamais de pause ?

– Par contre, poursuivit le directeur, tu apprendras comment passer inaperçue, comment influencer les gens, et tu acquerras un certain pouvoir sur les éléments de la nature. Chaque ange possède et reçoit des dons différents qui se développent au fil du temps.

« Wow ! pensa l'adolescente. Je me demande quels seront les miens ! »

– Toutefois, contrairement à ce que tu crois peut-être parce que de nombreux mythes humains le véhiculent, il te sera impossible de devenir invisible, d'apparaître et de disparaître comme par magie ou de modifier ton environnement à ta guise. Allez, continuons la visite, l'encouragea-t-il, amusé par l'air déçu qu'elle affichait.

Monsieur Menzies lui présenta l'étage où se trouvaient les salles de classe ainsi que la moitié des bureaux des enseignants. L'autre moitié était située juste au-dessus, au huitième étage, avec la cafétéria et des salles de musique insonorisées. Ils descendirent ensuite au sixième pour découvrir les gymnases, les centres d'entraînement et les locaux informatiques. Ils terminèrent la visite avec les chambres des étudiants au neuvième étage.

Au cours des deux jours suivants, on laissa Stella se promener à sa guise au onzième et au vingt-troisième étages. Il y avait plusieurs pièces de détente, des ordinateurs et des livres à profusion. Stella se documenta un peu sur les anges, joua à des jeux en ligne et lut.

Elle eut beaucoup de temps pour réfléchir. Outre l'énigmatique message de sa mère, un sujet retenait davantage son attention : les recherches de celle-ci. Pendant son dernier mois sur terre, elle avait tenté de découvrir si un éternel portait un contrôleur ou si les démons avaient acquis un nouveau pouvoir - du moins, c'est ce qu'elle avait laissé entendre. Stella estimait en savoir trop peu.

« J'aurais dû insister et questionner maman davantage ! »

Maintenant, il était trop tard. Devait-elle parler de tout ça à quelqu'un ? À qui faire confiance ? Kyle

Menzies ? Jules ? Et si l'un d'eux justement portait un contrôleur ?

« Impossible ! Ils font preuve de bien trop de gentillesse tous les deux. »

– Ce sont des anges, idiote ! se lança-t-elle à elle-même sans aucun ménagement. Ils vont probablement tous se montrer aimables et serviables. Comment vais-je faire alors pour découvrir le méchant ?

Puis, ses pensées poursuivirent leur chemin. Sa mère avait-elle perdu la vie en raison de ses recherches ?

« Ou plutôt par ma faute parce que j'ai dégagé trop d'énergie en voulant retrouver le petit garçon ? »

Cette dernière question la hantait de plus en plus et elle s'efforçait de la chasser de son esprit, car elle avait l'impression que cela détruisait quelque chose de sensible en elle.

« Peut-être dois-je juste continuer à enquêter à sa place ? estima-t-elle. La meilleure façon d'y parvenir, ce serait... de rester ici ! Mais suis-je faite pour une vie d'ange ? Suis-je assez parfaite pour ça ? Aider les gens jour après jour... est-ce que j'y arriverais ? »

Tout au long des heures qui passaient, elle rumina ces préoccupations. Et, lorsqu'en début de soirée monsieur Menzies demanda à la rencontrer, elle avait pris sa décision.

– Je veux entrer à l'Académie ! lui annonça-t-elle.

– Je suis très content de l'apprendre, lui assura le directeur. Nous nous occuperons bien de toi. Demain, tu commenceras ta formation.

Le lendemain matin, Stella dut fournir un effort colossal pour avaler son déjeuner, un bol de succulentes céréales. La perspective de rencontrer les élèves la rendait nerveuse. Encore une nouvelle école... Encore de nouveaux visages à reconnaître, de nouveaux noms à retenir et le jugement des autres à supporter.

« Mais, cette fois, ce sera la dernière ! » espéra-t-elle.

Lorsque monsieur Menzies arriva, elle se leva d'un bond, heureuse de passer à l'action plutôt que de continuer à se ronger les sangs.

– Voici ton horaire de cours. Tu trouveras dans ta chambre tout le matériel dont tu auras besoin pour les suivre.

C'était l'horaire le plus bizarre que Stella ait eu l'occasion de voir.

	Lundi	**Mardi**	**Mercredi**
9 h à 10 h	Initiation au monde angélique	Transfert	Infiltration
10 h 10 à 11 h 10	Histoire	1. Musique 2. Vol	Jeux vidéo
11 h 20 à 12 h 20	Informatique	1. Musique 2. Vol	Initiation au monde angélique
12 h 20 à 13 h 20		Temps libre	
13 h 20 à 14 h 20	Jeux vidéo	Langue	Musique
14 h 30 à 15 h 30	Infiltration	Maîtrise d'habiletés angéliques	Étude
15 h 40 à 16 h 40	Gymnastique	Natation	Langue
16 h 40 à 18 h		Temps libre	
18 h à 19 h	Musique	Étude	Informatique
19 h 10 à 20 h 10	Langue	Sports d'équipe	Danse

	Jeudi	Vendredi	Samedi
9 h à 10 h	Langue	Maîtrise d'habiletés angéliques	1. Lecture 2. Vol
10 h 10 à 11 h 10	Informatique	Étude	1. Lecture 2. Vol
11 h 20 à 12 h 20	Maîtrise d'habiletés angéliques	Infiltration	Histoire
12 h 20 à 13 h 20	Temps libre		
13 h 20 à 14 h 20	Étude	Langue	Musique
14 h 30 à 15 h 30	Transfert	Histoire	Jeux vidéo
15 h 40 à 16 h 40	Gymnastique	Danse	Initiation au monde angélique
16 h 40 à 18 h	Temps libre		
18 h à 19 h	1. Musique 2. Vol	Transfert	Langue
19 h 10 à 20 h 10	1. Lecture 2. Vol	Natation	Étude

* L'horaire peut changer sans préavis pour faire place à des expériences sur le terrain ou à des tests pratiques.

** Liste des livres à lire :

- *Le monde caché aux humains*, d'Antonio Rodrigue ;
- *L'art de lire les auras*, de Betier ;
- *Le bien et le mal : bataille constante*, de St-Andrew ;
- *Le treizième mois*, de Catherine Lego.

– J'aurai des cours le samedi ? s'étonna Stella.

– Eh oui ! dit le directeur. Bienvenue dans notre monde ! Souviens-toi, le temps n'a pas la même signification pour les humains...

– ... Et pour les éternels, compléta-t-elle pour lui prouver qu'elle commençait à assimiler le message. Pourquoi certaines cases comportent-elles deux cours ? voulut-elle savoir.

– Je te réserve la surprise. Pour l'instant, tu ne dois t'occuper que du premier cours inscrit.

Ils pénétrèrent dans l'ascenseur. Il était huit heures cinquante. Stella se mit à espérer avoir le temps de s'asseoir dans un coin de la classe avant que les autres élèves arrivent. Au milieu du corridor, monsieur Menzies s'arrêta et frappa deux coups à une porte de bois munie d'une petite fenêtre. Une femme d'à peine cinq pieds aux traits asiatiques et à la longue chevelure noire vint lui ouvrir.

– Bonjour, monsieur Menzies, bonjour, Stella. Je suis madame Matsuo. Nous vous attendions.

Elle recula de plusieurs pas afin de les laisser entrer. En voyant une douzaine de personnes la détailler de la tête aux pieds, Stella abandonna tout espoir d'une entrée discrète. Pire. Devant elle, il y avait autant d'adultes que d'adolescents. C'était vraiment bizarre de voir tous ces élèves adultes assis aux tables placées en forme de U.

– Bonjour à tous, salua l'Écossais de son habituel ton enjoué et énergique. Voici Stella. Elle commence son apprentissage aujourd'hui. Je compte sur vous pour la soutenir et l'encourager. Je vous souhaite une très belle journée.

Puis, il se tourna vers la jeune fille.

– Je reviendrai te voir plus tard.

Dès qu'il fut sorti, le silence régna dans la classe. Stella regardait le plancher. Elle savait qu'elle aurait dû lever la tête et se montrer sûre d'elle, mais ce n'était pas si simple. Le fait de se retrouver devant une assemblée d'anges l'intimidait. Elle avait l'impression qu'ils pouvaient lire dans sa tête.

– Stella ? Aimerais-tu te présenter ?

CHAPITRE 6

TAG DANS LES NUAGES

Stella fut tentée de décliner l'offre de l'enseignante. Elle releva le menton pour se donner du courage et s'entendit dire d'une toute petite voix :

– Je m'appelle Stella Séguin. J'ai douze ans. Je suis ici depuis trois jours.

Les chaises raclèrent immédiatement le sol et en quelques secondes tout le monde vint lui serrer la main et se présenter. Ils étaient douze. Stella compta cinq adolescents, trois jeunes adultes, trois personnes d'une trentaine d'années et une femme aux cheveux gris. Jamais elle n'avait eu droit à un tel accueil. Vraiment différent de celui que lui avaient réservé toutes les autres classes dans lesquelles elle était arrivée en milieu d'année !

L'élève qui retint le plus son attention fut une adolescente qui avait l'air d'avoir quinze ans, aux cheveux roux et aux yeux rieurs. Elle se nommait Emmanuelle.

Lorsque tout le monde fut retourné à sa place, Stella alla s'asseoir entre Marthe, la femme aux cheveux gris, et Antonio, un homme d'environ vingt ans.

– Cette période est consacrée à l'initiation au monde angélique, lui annonça la professeure. Tu ne pouvais pas commencer par un meilleur cours. C'est ici que tu vas apprendre les principes de base de notre monde. Tu as beaucoup de retard sur le groupe, mais chaque ange ici t'aidera à rattraper le temps perdu. L'enseignement est, entre autres, basé sur vos interrogations. En as-tu ?

Stella en avait une tonne et demie, mais elle se sentait toujours un peu intimidée. Toutefois, madame Matsuo semblait vraiment vouloir qu'elle pose une question.

– Où demeurent les éternels lorsqu'ils ne sont pas ici ? risqua Stella pour lui faire plaisir.

– Louis ? prononça l'enseignante en regardant un adulte à la peau noire d'une trentaine d'années.

– Ils vivent au milieu des humains, répondit l'homme. Il y en a dans chaque pays et dans tous les milieux. Ils travaillent partout où on peut avoir besoin d'eux : dans les écoles, les épiceries, les rues, les hôpitaux, les usines... Ils se mêlent à la population et peuvent œuvrer au même endroit pendant des années.

– Nous sommes donc très nombreux ? s'enhardit Stella.

– Victoria ? nomma madame Matsuo.

– Il y a à peu près un ange pour vingt mille habitants, répondit une adolescente aux cheveux blonds. Notre but est de faire pencher la balance du côté du bien.

Ce qu'elle apprenait fascinait Stella. Elle avait de la difficulté à croire qu'elle faisait maintenant partie de ces êtres exceptionnels !

L'avant-midi se poursuivait avec le cours d'histoire. Stella prit place aux côtés d'Emmanuelle.

– Tu ne te sens pas trop perdue ? demanda celle-ci avec sollicitude.

– Euh... disons que ça fait beaucoup d'informations en peu de temps.

– Rassure-moi et avoue que, toi aussi, tu pensais que les anges étaient invisibles et qu'ils avaient des ailes.

– J'avoue, s'esclaffa Stella devant la bonne humeur de la jeune fille. Je croyais aussi qu'ils n'avaient pas besoin de manger ni de dormir.

– En fait, là, tu n'es pas si loin de la vérité. Nous n'éprouvons pas la nécessité de manger et de dormir aussi souvent qu'un être humain, mais nous ne pouvons quand même pas nous en passer complètement. À l'Académie, nous gardons le même rythme de vie que les humains pour ne pas commettre d'erreurs une fois en situation d'expérience.

– En situation d'expérience ?

– C'est comme des stages que nous devons faire.

– Oh ! En as-tu déjà vécu un ?

– Non. Nous sommes tous des étudiants de première année et ils commencent en deuxième année. Nous avons plusieurs mois d'avance sur toi, mais tu n'es pas si en retard sur le parcours du groupe, tu sais!

Stella fut soulagée de l'apprendre.

– Qu'est-ce qu'on nous enseigne en histoire ici? demanda-t-elle.

– Ça ressemble à un cours d'histoire normal, mais on y met en lumière la contribution des éternels et les actions dévastatrices des démons.

– Wow! Et comment est-ce qu'on fait pour savoir de quoi les démons sont responsables?

– On analyse attentivement les situations où les humains ont souffert et où se sont prises des décisions encourageant la violence. On a déjà répertorié plusieurs démons et ils sont maintenant surveillés. Par contre, c'est aussi difficile de tuer un démon que de tuer un ange, alors on nous enseigne qu'il faut choisir nos batailles.

Les filles durent mettre fin à leur conversation lorsque le professeur entra dans la pièce et que le cours débuta.

Quand arriva l'heure du dîner, Stella sortit de la classe d'informatique, où on avait commencé à lui expliquer comment se former une nouvelle identité humaine, et suivit le groupe jusqu'à la cafétéria. Il s'agissait d'une salle éclairée par de grandes fenêtres montant jusqu'au plafond. De longues tables recouvertes de nappes blanches occupaient presque tout l'espace.

Emmanuelle l'entraîna à l'endroit où étaient déjà assis Victoria et Raphaël, deux élèves de leur groupe. Stella découvrit que les trois adolescents avaient tous quinze ans. Les filles avaient hérité de leur don angélique de l'un de leurs parents, comme elle. Pour sa part, Raphaël était l'enfant de deux éternels.

– C'est très rare, ça, lui confia Victoria.

– Pourquoi ?

– Parce que, pour l'avoir, ses parents ont tous les deux dû abandonner une moitié de leur entité angélique pour prendre une partie de son humanité. Pour cette raison, il est depuis sa conception un éternel à part entière. Savais-tu qu'un ange choisit la vitesse à laquelle il vieillit ?

– Oui.

– Eh bien, il aurait pu «décider» de ne jamais vieillir et de rester dans le ventre de sa mère *ad vitam æternam*.

– Oh!

– Ouais, approuva Raphaël, mais il semblerait que j'aie préféré vieillir jusqu'à quinze ans pour pouvoir entrer à l'Académie. Je pense aussi que je vais demander la permission de continuer jusqu'à dix-huit ans, lorsque mon apprentissage sera terminé. Comme ça, je serai majeur dans le monde des humains.

– Et tes parents? voulut savoir Stella.

Raphaël eut soudain l'air abattu.

– Eh bien... ils ne pouvaient pas rester des demi-anges plus de quinze ans, alors ma mère est redevenue éternelle et mon père a pris son humanité.

«Il va donc éventuellement mourir, alors que sa femme va vivre éternellement, réalisa Stella. Que c'est triste!»

Elle observa mieux Raphaël. Il avait les cheveux auburn et les yeux couleur noisette. Ses traits étaient harmonieux. Plus tôt dans la journée, elle avait aussi remarqué qu'une fossette se creusait dans sa joue droite lorsqu'il riait.

– Étant donné que ton père connaît notre monde, voulut-elle l'encourager, tu pourras au moins le voir souvent et être toi-même avec lui.

Le regard de Raphaël se fit plus sombre.

– Mon père est mort l'an dernier. Accident de voiture…

Le silence régna quelque temps, puis Victoria détendit l'atmosphère dramatique qui s'était installée avec un commentaire sur les canards. Raphaël sourit avant de pouffer de rire et Stella comprit qu'il devait s'agir d'une farce entre eux. Après tout, ils étaient là depuis un peu plus de six mois.

Le repas se poursuivit sur des sujets plus légers. Stella consulta l'horaire de cours que lui avait remis monsieur Menzies.

– Il est inscrit qu'on a jeux vidéo après le dîner, dit-elle. Qu'est-ce que c'est ?

– Tu n'as jamais joué à des jeux vidéo ? demanda Victoria d'un ton incrédule.

– Ben oui… mais pas à l'école !

– Eh bien, ici, on y a droit trois fois par semaine, lui expliqua Raphaël. C'est vraiment cool ! Selon les profs, ça sert à développer notre esprit d'analyse, nos réflexes, nos capacités de déduction et notre imagination.

Stella sourit et poursuivit son étude de l'horaire.

– Tu fais aussi gymnastique ? lui demanda-t-elle.

– On doit être flexibles et agiles pour faire notre travail d'ange.

– Musique ?

– Tu devras choisir un instrument que tu veux apprendre, la renseigna Emmanuelle. On a tous un prof différent pour les cours du lundi et du mercredi. On a chorale tous ensemble le mardi, et orchestre le jeudi et le samedi.

– Et langue ? Qu'est-ce que c'est ?

– Même chose. Tu dois obligatoirement t'initier à une langue jusqu'à ce que tu la maîtrises. L'idée, c'est d'avoir des éternels qui parlent le plus de langues possible. Bien sûr, le français et l'anglais sont des priorités au Québec.

« J'ai peut-être du retard dans la majorité de mes cours, mais, au moins, maman m'a bien préparée à celui-là ! estima la jeune fille, qui parlait déjà couramment français, anglais et espagnol. Ça va peut-être me donner le temps dont j'ai besoin pour tenter d'identifier qui porte un contrôleur. »

Une dizaine de jours plus tard, elle dut se rendre à l'évidence. Contrairement à ce qu'elle avait imaginé, ses compétences linguistiques ne lui permettaient pas d'avoir plus de temps pour ses recherches. On l'avait bien exemptée d'assimiler une nouvelle langue pendant quelques semaines, mais c'était pour qu'elle reçoive des cours d'appoint dans ses autres matières et ainsi qu'elle puisse rattraper son retard par rapport au reste de son groupe.

Toutefois, Stella ne perdait pas de vue son objectif. Le fait d'être séparée des autres pendant certains cours lui donnait une chance inespérée de mener son enquête sans attirer l'attention. Ainsi, prétextant ses études, elle prit l'habitude de fréquenter assidûment la grande bibliothèque de l'Académie, et elle empiétait autant que possible sur ses heures de sommeil et de repas.

Discrètement, elle lut tout ce qu'elle put trouver sur les contrôleurs. Il s'agissait essentiellement d'un moyen de modifier graduellement la pensée d'un être céleste afin qu'il agisse comme le propriétaire du contrôleur le souhaitait. Elle découvrit ainsi que l'objet était préprogrammé avant d'être glissé à l'intérieur d'un bras ou d'une jambe d'un ange. On ne pouvait plus après cela changer le message ni envoyer des signaux. Celui qui hébergeait l'appareil ne pouvait rien transmettre non plus.

– Ça veut dire qu'il m'est impossible de le repérer avec un radar quelconque, murmura Stella.

Elle décida qu'il lui fallait changer son angle d'attaque. Après un long moment de réflexion, elle en vint à la conclusion que, si Albert était apparu si tôt après qu'elle eut utilisé son don angélique pour retrouver le petit garçon dans la buanderie, c'est qu'il en avait été informé rapidement... donc par quelqu'un résidant à Montréal. Sachant cela, elle s'employa à dresser une liste de tous les éternels habitant ou travaillant à la maison mère.

Deux mois plus tard, sa corvée n'était toujours pas terminée. Elle avait beau poser des questions autour d'elle, elle avait l'impression que personne ne connaissait exactement la fonction de tous les étages du gratte-ciel. Savoir qui y travaillait relevait donc de l'impossible.

Au cours de ce laps de temps, elle avait toutefois appris à bien maîtriser les dédales des quatre étages de l'école. Son amitié avec Emmanuelle, Victoria et Raph s'était développée au point qu'elle leur avait confié la teneur du message de sa mère.

Les trois adolescents mirent immédiatement la main à la pâte et passèrent plusieurs soirées à discuter avec Stella pour tenter de comprendre ce qu'il voulait dire. Ils lancèrent toutes sortes d'idées, dont certaines complètement farfelues.

– *Vole, ma Plume*, avait répété Victoria un soir. Selon moi, ça veut dire que tu dois trouver le moyen d'entrer dans le bureau du directeur pour y voler quelque chose.

– Selon moi, avait répliqué Emma à leur amie au caractère de feu, il y a une couple de notions ANGÉLIQUES que tu n'as pas encore intégrées !

Quelques jours plus tard, ce fut Raphaël qui suggéra :

– Est-ce que ta mère t'a déjà dit que tu avais un pouvoir angélique d'un genre extrêmement rare? Peut-être que ce n'est pas un mythe que certains anges peuvent voler... Peut-être qu'il va te pousser des ailes à tes quinze ans...

Stella devait s'avouer que cette idée était celle qui la terrorisait le plus. Avoir des ailes qui sortent du dos... ça devait vraiment faire mal!

– Et si *Vole, ma Plume*, ça signifiait que tu devais voler la vie d'un humain? avait proposé Victoria sur un ton dramatique.

Heureusement, Emmanuelle les avait de nouveau ramenés sur terre avec des idées plus plausibles, comme de songer à demander l'aide d'un adulte.

Stella commençait réellement à l'envisager. Mais à qui faire confiance? Elle ne voulait surtout pas se tromper et elle n'était pas prête à parler du contrôleur à ses amis. Existait-il un logiciel qui répertoriait les bonnes actions des anges? Un éternel portant un contrôleur était sûrement un peu moins bon que les autres, non?

Elle se promit de vérifier cela tout de suite après son cours de sports d'équipe. Pour l'heure toutefois, elle devait se dépêcher, car une partie de tag dans les nuages commençait.

Ce jeu, que Stella adorait, consistait à entrer dans un gymnase complètement enfumé et à mettre la main sur un drapeau rouge placé au centre de la salle, sans se faire toucher par le démon. Aucun des participants ne pouvait voir les autres et ils devaient chercher le drapeau à l'aveuglette. Pour sa part, le démon avait une balise qui lui indiquait où on avait placé le drapeau, mais son objectif consistait plutôt à trouver tous les anges pour les statufier avant la fin du jeu. Lorsqu'il était parvenu à toucher quatre-vingts pour cent des participants, sa dernière victime se transformait en allié et pouvait aussi arrêter les éternels. Une partie durait vingt minutes.

Le rôle du démon était attribué au hasard parmi les anges, au début de chaque joute. Stella était extrêmement habile à chacun des postes. Ce jour-là, le démon allait être...

– Victoria ! annonça madame Matsuo.

Stella était contente. Le niveau du jeu augmenterait, car son amie se montrait non seulement douée, mais aussi compétitive et rusée.

– Vous ne savez pas ce qui vous attend, lança justement l'adolescente blonde. Vous n'aurez jamais vu un démon aussi rapide que moi. Préparez-vous à perdre...

– Des menaces..., riposta Raph. Toujours des menaces et bien peu de résultats !

Stella et Emma approuvèrent en riant.

– Vous voulez gager ?

– Victoria ? poursuivit l'enseignante. Il y a dix-huit participants. La quinzième personne que tu toucheras sera donc le deuxième démon.

La jeune fille hocha la tête et s'approcha de ses trois amis.

– Si je gagne, vous me laissez choisir l'horaire de notre virée en ville, dimanche.

Raphaël consulta Emmanuelle et Stella du regard. Il acquiesça et ajouta :

– Mais, si tu perds, tu viens faire de la décalade avec nous, demain matin, avant les cours.

Victoria frissonna, mais accepta. Puis, elle entra dans le gymnase d'un pas décidé.

– Bon ! Il faut gagner et on va gagner, affirma Raphaël. Il est temps que Victoria affronte sa peur de se lancer dans le vide. En plus, il n'est pas question de la laisser nous mener par le bout du nez toute la journée dimanche.

– Pourquoi ? Une tournée de magasinage ne te tente pas ? lui demanda innocemment Emmanuelle.

– Je dis juste qu'on a intérêt à gagner, grimaça Raphaël.

Stella était bien d'accord. Elle non plus n'avait pas le goût d'une tournée de magasinage. En fait, depuis l'assassinat de sa mère, la seule idée d'entrer dans un centre commercial lui donnait des sueurs froides et des maux de ventre.

– On essaie de se retrouver à l'intérieur et on se protège les uns les autres, OK ? proposa-t-elle.

Ils opinèrent à sa proposition et elle pénétra dans le gymnase en premier. Elle fit trois pas et poussa le pan de polyéthylène qui maintenait la fumée loin de la porte. Il lui était maintenant impossible de voir sa main lorsqu'elle étendait son bras devant elle. Elle s'éloigna vite de l'entrée au cas où Victoria attendrait non loin, tapie dans le brouillard.

Les oreilles grandes ouvertes, elle observa la fumée autour d'elle. Dans les joutes précédentes, elle était parfois parvenue à détecter la présence d'une personne une seconde avant que celle-ci ne puisse la voir, et cela avait été suffisant pour s'en cacher. Un bruit sourd sur sa gauche la fit se retourner.

– Statufié ! cria Victoria à l'intention d'un autre joueur, à quelques pas d'elle.

Stella s'empressa de marcher vers le côté opposé. Maintenant qu'elle savait où se tenait son amie, elle avait le temps de fouiller la pièce dans l'espoir de tomber par hasard sur le milieu du gymnase et ainsi de ramasser le drapeau. Elle venait tout juste de rencontrer le mur qu'elle entendit sur sa droite un autre « touché » victorieux.

« Elle court ! comprit Stella. Elle fonce partout en estimant qu'elle finira forcément par attraper quelqu'un. »

Un troisième « statufié » lui indiqua que, malheureusement, cette stratégie semblait gagnante.

« Je dois me montrer plus rusée. J'ai besoin de m'orienter. »

Stella se pencha et enleva ses souliers pour devenir plus silencieuse. Ce faisant, elle remarqua un trait bleu au sol. Elle sourit. C'était exactement ce dont elle avait besoin. Elle savait que cette ligne de basket traversait la salle sur le sens de la longueur. Elle n'avait qu'à la suivre jusqu'à ce qu'elle atteigne la rouge, qui, elle, séparait le terrain en plein centre.

– Touché, entendit-elle loin devant elle.

« Décidément, elle manque de discrétion », pensa Stella, qui enleva un bas pour bien sentir sous ses orteils le collant bleu.

Elle avança d'une vingtaine de pas, traînant le pied par terre, puis elle vit des ombres devant elle. Celles-ci restaient immobiles. Stella franchit prudemment deux pas supplémentaires et découvrit Emma et Raph, qui l'observaient sans esquisser le moindre geste. Ils avaient donc bien été touchés par Victoria. Stella s'approcha d'eux et chuchota :

– Ne vous en faites pas. On peut encore gagner !

Raphaël bougea alors.

– Je devais m'assurer que tu n'étais pas devenue un démon, murmura-t-il.

« Bonne stratégie ! enregistra l'adolescente. Il n'y a donc qu'Emma qui a été touchée par Victoria et qui ne peut plus bouger. »

Puis, sans perdre de temps, elle tira sur la manche de Raphaël pour qu'il se penche. Elle lui montra le trait bleu et chuchota : « Ligne rouge. » Il approuva de la tête pendant qu'un autre « touché » résonnait. Victoria n'avait attrapé que cinq personnes. Il n'y avait pas encore d'urgence et, tant qu'elle criait, ils avaient une bonne idée de l'endroit où elle se trouvait.

Ils se donnèrent la main et remontèrent la ligne bleue le plus vite possible en laissant Emma statufiée derrière eux. Dès qu'ils rencontrèrent la ligne rouge, ils bifurquèrent dessus. Ils ne devaient plus être loin du centre du gymnase. Soudain, Stella vit une ombre et s'accroupit immédiatement en entraînant Raphaël à sa suite. Au cours des parties précédentes, elle s'était rendu compte qu'elle passait plus facilement inaperçue près du sol.

Ils entendirent alors une voix masculine chuchoter « statufié » à quelqu'un d'autre. Stella devina immédiatement la stratégie qu'avait utilisée Victoria. Son amie n'avait pas annoncé chacune de ses victimes. Cela lui avait permis d'atteindre le nombre de quinze sans que personne s'en rende compte. Maintenant, elle avait un complice démon. Elle avait eu le temps de le positionner près du drapeau et, pendant qu'elle faisait un tapage rassurant dans un coin du gymnase, lui attendait les anges au centre.

Raphaël brandit deux doigts devant le visage de Stella, puis les désigna l'un et l'autre.

« Oui… c'est bien possible qu'on soit les deux seuls à jouer encore ! » évalua-t-elle.

Il tapota ensuite sa montre et leva cette fois trois doigts.

« Trois minutes ? Il ne nous reste que trois minutes ! »

Il fallait qu'ils se dépêchent.

« L'un de nous va devoir se sacrifier, » estima-t-elle au moment où Raphaël s'approchait de son oreille.

– On se sépare, lui murmura-t-il. Reste ici. Je vais trouver la ligne bleue qui est un peu plus loin et, quand je sifflerai, on avancera en courant chacun de notre côté vers le centre. L'un de nous va réussir.

Stella acquiesça et resta accroupie. Son cœur battait à toute vitesse, ses mains étaient moites et son souffle, court. Lorsqu'elle entendit le bref sifflement, elle s'élança droit devant elle. Elle trébucha sur le cône rouge dans lequel était planté le drapeau au moment où elle entendait « statufié » quelque part devant elle.

– Drapeau ! hurla-t-elle, victorieuse.

Aussitôt, le bruit de gros ventilateurs résonna et la fumée devint de moins en moins dense. Tout le monde resta à sa place. Lorsqu'ils parvinrent à se voir, madame Matsuo avança dans le gymnase.

– Excellent leurre, Victoria ! dit-elle. Il y a plus de cinquante années que personne ne l'avait utilisé. Adrien, votre tactique aurait très bien pu fonctionner. Marthe, votre ouïe m'étonne chaque fois. Raphaël et Stella, magnifique travail d'équipe. Votre esprit de déduction à différents stades du jeu et votre façon de surmonter les obstacles sont dignes de mention.

Stella savait qu'ils n'en apprendraient pas plus. Les enseignants observaient le jeu avec des lunettes spéciales et ne révélaient jamais les stratégies des élèves. Ils encourageaient toutefois ces derniers à se les partager. Ils estimaient que le fait de connaître les méthodes des autres les obligerait à innover pour en développer de nouvelles. Aussi, après chaque match, la classe de Stella se réunissait et se racontait tout. La partie suivante présentait donc toujours un nouveau défi.

– Six heures demain matin, sur la passerelle du vingtième, rappela Raphaël, triomphant, à Victoria, qui grimaça en retour.

Ce soir-là, Stella se releva silencieusement une heure après s'être couchée. À force d'y réfléchir, elle en était venue à la conclusion que Victoria ne se trompait peut-être pas avec ses idées de vol. La personne la plus susceptible de conserver un registre des attributions et des missions des anges était sans doute monsieur Menzies. En effet, depuis déjà quelques semaines, elle avait compris que l'Écossais n'occupait pas seulement le poste de directeur de l'Académie. Il apparaissait plutôt comme le chef des anges au Québec.

Donc… elle devait aller dans son bureau.

CHAPITRE 7

INFLUENCES

Stella s'habilla, ramassa la lampe de poche collée avec du velcro sous sa table de chevet, placée là pour servir en cas de panne d'électricité, puis sortit en douce de sa chambre. Elle se rendit sur la pointe des pieds jusqu'à la cage d'escalier. Elle savait qu'elle n'avait pas accès au vingt et unième étage à partir de l'ascenseur, mais peut-être qu'en empruntant les marches, ça pourrait fonctionner.

Lors de sa première semaine à l'Académie, elle avait cru qu'une empreinte digitale ou un simple code était suffisant pour avoir le droit d'atteindre tous les étages de l'immeuble. Cela l'avait inquiétée, parce qu'elle craignait qu'un démon comme Albert puisse voler les codes et entrer dans le bâtiment. Toutefois, dans son cours d'initiation au monde angélique, on lui avait expliqué, un peu comme l'avait fait sa mère auparavant, que chaque ange dégageait une énergie angélique qui lui était propre. Une fois scannée, celle-ci servait de clé pour les différents étages et pour certains corridors. De plus, afin d'éliminer toute tentative d'invasion, un détecteur de pensées malveillantes était actionné en permanence, à partir du cinquième étage jusqu'au sommet du gratte-ciel. Stella avait appris que les idées hostiles et haineuses émettaient une aura sombre facilement détectable par ces puissants radars. Une alarme sonnait alors automatiquement.

Elle avançait, bien incertaine de sa mission. Et si elle déclenchait l'alarme ? Si elle était découverte, pouvait-on la renvoyer ?

« Pour demeurer invisible pour le radar, je dois n'avoir que de belles pensées. Ce que je fais est pour le bien de tous ! se convainquit-elle. Je refuse que maman soit morte pour rien ! Je dois et je vais trouver le coupable. »

C'est forte de cette résolution qu'elle grimpa les douze étages qui la séparaient du bureau du directeur. Une fois sur le bon palier, elle prit une longue inspiration et tourna la poignée. À sa grande surprise, la porte s'ouvrit et aucune sirène ne retentit. Cela la conforta dans son impression d'agir comme il le fallait. Un immense sourire illumina son visage et elle se glissa sur l'étage.

La nervosité l'incita quand même à longer les murs et à observer attentivement le plafond à la recherche de possibles caméras. Après s'être trompée à deux reprises, elle parvint dans le bon couloir. Elle reconnut la porte du bureau de monsieur Menzies et vérifia qu'aucune lumière ne filtrait sous celle-ci. Rien!

Rassurée, Stella entra, referma derrière elle et alluma sa lampe de poche. Elle observa les lieux. Par où commencer? Elle se dirigea vers le secrétaire au centre de la pièce. Rien ne traînait sur celui-ci. Elle ouvrit quatre tiroirs, mais ne découvrit que du matériel ordinaire comme des trombones, des stylos et des enveloppes.

Un grand classeur de bois trônait dans un coin de la pièce. Elle commença à farfouiller dans les dossiers à l'intérieur. Des dates et des noms étaient écrits sur de petites languettes. Elle les lut en tentant de les associer à ceux des personnes employées dans le gratte-ciel. Le travail lui paraissait titanesque.

Au moment où elle levait la tête de découragement en cherchant une idée pour avancer dans ses recherches plus efficacement, elle remarqua qu'une lumière venait de s'allumer dans le corridor. Vite, elle referma le classeur et se cacha dans la garde-robe. À peine une seconde plus tard, des pas résonnaient dans la pièce. Son cœur battait la chamade et la peur glaçait lentement son sang.

– Jeffrey, prononça monsieur Menzies, il s'agit probablement d'une erreur. Je suis dans mon bureau et il n'y a personne... Non, je t'assure... rien n'a été déplacé... Je comprends... Mais non, tu n'as pas besoin de venir... Bien sûr, dans trente minutes comme d'habitude... Merci !

Stella entendit le directeur déposer son cellulaire sur son bureau et pousser un long soupir.

– Il se trompe, affirma monsieur Menzies à voix haute. Je suis certain que, si un ange avait besoin de quelque chose, il me le demanderait directement. Je ne veux pas me lancer de fleurs, mais il me semble que je suis quelqu'un de suffisamment ouvert et accueillant pour que chacun vienne me voir sans crainte. Hum... peut-être devrais-je faire encore plus d'efforts... surtout avec les nouveaux qui me connaissent moins.

Monsieur Menzies sortit. Stella cessa de retenir son souffle. Elle resta dans sa cachette quelques minutes supplémentaires, afin de s'assurer que la voie était libre. La culpabilité en profita pour se frayer un chemin en elle. C'est le directeur qui l'avait accueillie et qui lui avait offert une place à l'Académie.

« Maman... si seulement tu m'en avais dit un peu plus sur cette vie et sur tes recherches. Comment puis-je savoir à qui faire confiance ? »

Les paroles échangées au téléphone par monsieur Menzies avec ce qu'elle supposait être un responsable de la sécurité la pressaient toutefois d'agir. Elle craignait en effet que ce Jeffrey ne vienne inspecter le bureau dans la prochaine demi-heure. Stella décida que le risque de se faire prendre surpassait le gain qu'elle ferait peut-être en fouillant davantage.

« Il vaut mieux que je retourne à ma chambre. »

Elle alluma sa lampe de poche et, la main sur la poignée du placard, remarqua l'interstice d'un compartiment caché à droite. À la hauteur des yeux, il faisait environ vingt centimètres de largeur sur quarante de hauteur. Il fallait se tenir dans la garde-robe pour le voir et, comme il donnait sur le bureau, Stella estima qu'il ne devait pas être très profond. Elle appuya sur le coin inférieur de la planche et celle-ci glissa sans bruit vers le haut.

À l'intérieur, bien alignées sur quatre colonnes et six rangées, une vingtaine de clés USB étaient accrochées. Voilà sans doute ce qu'elle cherchait, mais comment savoir laquelle prendre ? Il n'y avait qu'une ou deux lettres tracées au feutre sur chacune. Son regard fut attiré comme par un aimant par l'une d'entre elles, rose et portant un grand A en noir.

« Angéla... ou Albert ! pensa-t-elle en rejetant bien loin tout sentiment de culpabilité et en refermant sa main sur l'objet. Que ce soit l'un ou l'autre, je dois savoir ce qu'elle contient. »

Elle glissa la clé USB dans sa poche et donna une toute petite poussée à la planche de bois, qui reprit seule sa place. Stella se dépêcha de sortir du placard et de rebrousser chemin vers sa chambre.

Aussitôt à l'abri dans son petit cocon, elle s'empara de sa tablette angélique et s'installa au centre de son lit. Elle déverrouilla l'appareil, qui ressemblait à une simple feuille de papier et qui lui permettait de communiquer avec ses amis et de faire des recherches sur un réseau hyper protégé, impossible à repérer pour les humains. La jeune fille inséra la clé dans le port USB et vit s'afficher trois fichiers. Elle ouvrit le premier. Sa mère apparut. Les yeux de Stella s'emplirent de larmes et elle posa les doigts sur l'écran comme si elle pouvait la toucher.

Angéla était plus jeune. Elle parlait une langue que Stella ne comprenait pas. Celle-ci l'écouta néanmoins en entier, heureuse et triste de voir et d'entendre sa mère. La deuxième vidéo était semblable à la première, mais dans une autre langue, tout aussi incompréhensible. Dans la troisième, Angéla avait vieilli et ses cheveux étaient plus courts. Elle ressemblait exactement à l'image que Stella en avait gardée.

– J'ai tout mis à son nom, disait-elle en français, et je lui ai laissé les moyens de réussir. Je te concède qu'elle est bien jeune, mais elle a une âme pure. Elle est généreuse et douce. Même si elle agit souvent sur un coup de tête et qu'elle est très déterminée, elle sait également faire preuve d'une extrême patience et elle aime apprendre. Si tout se déroule comme je le souhaite, je suis certaine qu'elle sera une grande éternelle ! Fais-lui confiance ! S'il m'arrivait quelque chose, prends soin d'elle !

Sa mère tendit la main vers l'écran et tout s'éteignit.

« Parlait-elle de moi ? » se demanda Stella en refaisant jouer la vidéo.

Après le quatrième visionnement, elle retira la clé et la glissa sous son matelas, au centre de son lit. Il était deux heures du matin et elle se sentait épuisée. Elle était maintenant persuadée que sa mère l'avait présentée de cette façon au directeur. L'adolescente se promit de se montrer à la hauteur de cette opinion. Elle allait rapporter la clé au directeur dès le lendemain matin et s'excuser de l'avoir volée.

Stella dormait comme une bûche lorsque son réveil sonna. Il n'indiquait que cinq heures trente.

« La décalade », se rappela-t-elle en grognant.

Elle se laissa glisser en bas de son lit et alla prendre une douche rapide. Au retour, elle fixa ses draps et imagina la clé sous le matelas. Pouvait-elle vraiment la rapporter tout de suite ? Ne devrait-elle pas essayer de traduire les deux autres messages avant ?

– Non..., murmura-t-elle. C'était déjà mal de la voler, je refuse de continuer. Je ne peux pas faire ça à monsieur Menzies. Peut-être que ces messages sont personnels.

Elle se pencha et enfonça la main sous le matelas. Ses doigts ne rencontrèrent que du vide. Elle poursuivit sa recherche le cœur battant. Toujours rien. Complètement paniquée, elle souleva son matelas et le poussa de l'autre côté du lit. La clé ne se trouvait nulle part sur le sommier.

« Quelqu'un est venu la chercher pendant que je dormais ou que je prenais ma douche ! » réalisa-t-elle, catastrophée.

Qu'avait-elle fait ? Que contenaient les deux autres messages ? Ses yeux se posèrent sur le réveil. Cinq heures cinquante.

« Je dois agir comme si tout était normal, se convainquit-elle en se tordant les mains d'angoisse. Je dois rejoindre les autres et, en même temps, réfléchir à une solution. »

Stella se dirigeait vers le vingt-deuxième étage en pensant à son amie Sonia, à qui elle n'avait pas parlé depuis son départ précipité de Chapais.

Au début, sa mère lui avait interdit de la contacter pour ne pas mettre sa sécurité en jeu. Ensuite, ça avait été monsieur Menzies qui lui avait fait comprendre que cette amitié ne pourrait être maintenue qu'un certain temps, puisque l'humaine vieillirait, contrairement à elle.

« Comment vas-tu expliquer à cette jeune fille que tu fêteras pour la quatrième, cinquième ou sixième fois le même anniversaire ? lui avait-il fait remarquer. Il vaut mieux que tu coupes les ponts avec elle dès maintenant. »

Stella leur avait donné raison. Pourtant, certains jours comme celui-ci, elle aurait eu bien besoin de confier à sa meilleure amie tout ce qu'elle vivait. Elle aurait voulu qu'elle l'aide à voir clair dans cette situation. Elle avait mal agi, elle le savait, mais maintenant ? Devait-elle tout confesser ou faire comme si de rien n'était ?

L'adolescente aurait aussi souhaité pouvoir lui raconter qu'elle faisait maintenant de la gymnastique deux fois par semaine et qu'elle apprenait le piano. Elle aurait surtout désiré lui expliquer les raisons pour lesquelles elle avait fui. Sonia devait avoir été blessée par son silence, et surtout elle devait s'inquiéter...

En voyant ses nouveaux amis qui l'attendaient au bout du couloir, Stella réalisa qu'elle n'était pas tout à fait seule. Elle avait cru pouvoir mener cette enquête par elle-même. Or, le monde angélique était pas mal plus compliqué qu'elle ne l'imaginait au départ.

«Peut-être est-il temps que je leur demande un coup de main», se dit-elle en arrivant près d'eux.

– Prête? lui demanda Emmanuelle.

– Bien sûr.

Puis, elle se tourna vers Victoria.

– Et toi?

– Bien sûr, répondit l'adolescente sur le même ton avec un évident sourire forcé.

– Y a rien là, tu vas voir, tenta de la rassurer Emma. Tu vas même aimer ça. On se laisse descendre le long de la paroi, c'est tout. Et on est super bien attachés.

Stella avait fait de la décalade deux semaines auparavant et elle avait adoré. Une cage d'ascenseur était réservée pour cette activité, de six heures à huit heures, trois matins par semaine. Les participants se laissaient tomber du vingt-deuxième étage jusqu'au cinquième. Elle enfila son harnais avec enthousiasme et alla voir l'éternel responsable pour qu'il vérifie les attaches. Pendant ce temps, Victoria recevait les conseils de deux instructeurs.

– On y va ensemble ? demanda Emma.

– Allons-y, lui répondit Stella. Raph descendra avec Victoria. Après tout, c'est lui qui lui a lancé le défi.

Les deux jeunes filles se placèrent au bord du mur. Tenant fermement leur corde entre leurs mains, elles avancèrent jusqu'à être suspendues à l'horizontale au-dessus du vide, le visage pointant vers le bas de façon à regarder le sol, loin devant elles. Leurs pieds bien appuyés à la paroi verticale de la cage d'ascenseur, elles firent un pas vers le bas quasiment en même temps.

Stella pouvait presque sentir l'adrénaline qui coulait dans ses veines. Oubliant momentanément ses problèmes, elle souriait de toutes ses dents. Elle se sentait en vie. Pliant les genoux, elle fit un bond vers le bas afin de s'approcher graduellement du sol. L'adolescente laissa filer sa corde et franchit l'équivalent d'un demi-étage.

– On fait la course ? cria-t-elle à Emmanuelle.

– À trois. Un, deux, trois...

Les deux filles descendirent pratiquement à la même vitesse, mais Emma mit le pied sur le toit de l'ascenseur quelques secondes avant Stella. Elles se dépêchèrent d'entrer au cinquième et attendirent Raphaël et Victoria, qui criait et riait suffisamment fort pour alerter le gratte-ciel en entier.

– Est-ce qu'on recommence ? lança leur énergique amie blonde dès qu'elle eut interrompu sa chute.

Quelques heures plus tard, dans le cours d'infiltration, monsieur Pépin inscrivit au tableau le sujet du jour : *Être un bon négociateur*. Un homme d'environ six pieds, les épaules larges et le regard franc, se tenait à ses côtés. Dès que tous les élèves furent assis, l'enseignant entra dans le vif du sujet.

– La période d'aujourd'hui n'a rien à voir avec les petites négociations du style : si tu gagnes la tag dans les nuages, je te promets de faire sursauter tous les vieux éternels de plus de trois cents ans de cet édifice en criant dans la cage d'ascenseur, à sept heures du matin. Eh non ! Nous parlons d'une négociation d'un niveau un peu plus sérieux.

Raphaël et Emmanuelle s'esclaffèrent sans aucune retenue pendant que Victoria devenait rouge comme une pivoine.

– Aujourd'hui, nous verrons plutôt comment devenir des anges chargés d'établir un compromis avec un individu ou un groupe d'individus afin de l'amener vers la paix et la quiétude, continua monsieur Pépin sur le même ton pince-sans-rire. Les vagues de calme qu'on vous enseignera bientôt à envoyer aux humains sont pratiques, mais loin de tout régler. Vous devez apprendre à convaincre les gens que vous êtes les personnes les mieux placées pour les aider. En tant qu'éternels, vous devez être en mesure de désamorcer n'importe quel conflit et de calmer n'importe qui avec vos paroles.

Il fit une courte pause avant de continuer :

– Aussi, vous recevrez aujourd'hui une initiation en négociation tactique. Je vous présente monsieur Gaudreau. C'est un ange expert-négociateur. Il travaille au sein du Collège canadien de police à former d'autres spécialistes. Sous différentes identités, monsieur Gaudreau a travaillé activement à l'organisation du débarquement de Normandie en 1944. Puis, en tant que conseiller, il a contribué à la libération des otages lors de la prise de la Grande Mosquée de La Mecque en 1979, de la prise d'otages du vol 8969 d'Air France en 1994 et de celles de différentes écoles en 1993, en 1995 et en 2010.

– Bonjour, dit l'homme en regardant tour à tour chacun des élèves. Devenir un bon médiateur lors d'une situation de crise prend plusieurs semaines, voire plusieurs mois de formation intensive, et demande des aptitudes mentales particulières. Au cours de vos prochaines années d'apprentissage, nous travaillerons souvent ensemble. Toutefois, vos professeurs estiment nécessaire que vous ayez une base pour vos premiers stages.

Stella fronça les sourcils en cherchant un sens aux mots qui venaient d'être prononcés. Elle observa les adultes autour d'elle. Ils semblaient tous parfaitement comprendre le sujet du cours. Pour sa part, elle était incertaine. Ça semblait vraiment compliqué. Elle jeta un coup d'œil à Emmanuelle, qui paraissait aussi perdue qu'elle. Cela la soulagea.

– Il y a six règles à respecter pour désamorcer une situation difficile, poursuivit monsieur Gaudreau en appuyant sur une touche de son ordinateur. Vous pouvez les noter sur votre tablette, ajouta-t-il lorsqu'elles apparurent sur le tableau blanc. Nous y reviendrons souvent au cours de nos prochaines rencontres.

Donner avant de recevoir.

Encourager à petites doses.

Reformuler.

Nommer les émotions.

Répéter.

Questionner.

– Pour illustrer ces différents aspects, nous allons faire un jeu de rôle. Qui se porte volontaire ?

Les yeux de l'instructeur s'arrêtèrent sur Stella, qui se pétrifia. Cela ne l'empêcha pas de l'appeler :

– Mademoiselle ? Venez !

CHAPITRE 8

PREMIÈRE MISSION

Le négociateur et Stella sortirent dans le corridor. Là, il lui expliqua que, de retour en classe, il allait lui demander devant tous les élèves d'en ressortir et qu'elle devait absolument refuser. Elle se prêta au jeu, bien décidée à rester dans la pièce coûte que coûte.

« S'il pense qu'il va m'avoir ! songea-t-elle, relevant le défi. Je pourrais bien être son premier échec ! »

Ils regagnèrent la salle. En à peine dix minutes d'écoute et de questions posées tout en douceur, monsieur Gaudreau réussit à faire avouer à Stella qu'elle vivait beaucoup de stress, que son amie Sonia lui manquait et qu'elle se sentait coupable de ne jamais lui avoir donné d'explications sur son départ précipité.

– Pourquoi ne lui écrirais-tu pas ? lui suggéra-t-il finalement. Cela te permettrait au moins de régler un des aspects qui te dérangent dans cette situation.

– Je n'avais pas vraiment envisagé ça, avoua-t-elle. Croyez-vous qu'on accepterait ?

– J'en suis presque certain. Si tu veux, je t'accompagne auprès d'un responsable.

Et c'est ainsi que, sans qu'elle s'en aperçoive, il parvint à la convaincre de sortir de la classe.

Stella, extrêmement impressionnée, fut immédiatement intéressée par cette matière.

Le négociateur sélectionna d'autres cobayes et reprit l'exercice. Par trois fois, il atteignit son but, même si la troisième intervention dura vingt minutes et se termina par une analyse des équipes de baseball actuelles comparées à celles des années soixante-dix.

– Vous voyez, dit monsieur Gaudreau, vous ne devez jamais oublier votre objectif principal, mais faire en sorte que votre interlocuteur, lui, dévie du sien.

Exercez-vous entre vous cette semaine. Le samedi 24 juin, les cours habituels seront suspendus pour que vous testiez vos compétences dans le monde humain.

« C'est dans dix jours ! » calcula Stella, soudain très nerveuse.

On venait de lui annoncer sa première mission.

Ce soir-là, après avoir fouillé sa chambre de fond en comble avec le mince espoir d'avoir été somnambule et d'avoir déplacé la clé pendant son sommeil, Stella dut se résoudre à aller rencontrer monsieur Menzies. Il la reçut dans son bureau.

– Que puis-je faire pour toi, Stella ?

L'adolescente, résolue à tout avouer d'un seul coup, prit une grande inspiration et se lança.

– Hier soir, je suis venue dans votre bureau. Lorsque vous êtes arrivé, je me suis cachée dans votre placard. Après votre départ, j'avais décidé de quitter les lieux, mais j'ai alors vu le compartiment des clés USB.

Devant le regard plein de bonté du directeur, Stella se sentit comme une moins que rien. Elle avait honte d'elle et les larmes se mirent à couler sur ses joues.

– Il y en avait une avec un grand A et j'ai pensé qu'elle pouvait appartenir à ma mère, alors je l'ai prise. Je l'ai cachée dans ma chambre, mais, ce matin, elle avait disparu. Je m'excuse sincèrement. C'était extrêmement mal. Je comprendrais que vous considériez que je ne peux pas être un ange.

La dernière phrase lui arracha un sanglot.

– Parlons-nous de cette clé ? suggéra l'Écossais avec un petit sourire encourageant.

À la vue de l'objet, Stella ouvrit de grands yeux étonnés et approuva de la tête.

– Le chef de la sécurité me l'a rapportée ce matin, lui apprit le directeur. Il est très difficile de cacher quelque chose comme de la culpabilité, de la honte ou un désir de vengeance dans un endroit comme ici, Stella. Ce sont des émotions négatives que nous détectons facilement.

– Allez-vous me renvoyer ? balbutia-t-elle.

– Bien sûr que non. Tu es un ange, petite. Un ange imparfait pour l'instant, mais un ange quand même. Et, entre toi et moi, je ne connais pas d'éternel totalement parfait. Ce concept est une invention humaine. Nous avons à travailler toute notre existence pour nous améliorer. Toutefois, comme nous vivons vraiment très longtemps, nous avons beaucoup de temps devant nous. Puis-je te demander pourquoi tu as agi ainsi ?

La question était légitime et Stella s'y attendait, mais, alors qu'elle avait les yeux rivés sur la clé, le doute s'insinua de nouveau en elle. Le chef de la sécurité la lui avait-il réellement rapportée ? Se pouvait-il que le si sympathique monsieur Menzies porte le contrôleur ? À toute vitesse, elle chercha une réponse à lui donner.

– Si tu t'apprêtes à me mentir, prononça le directeur, je préfère que tu gardes le silence.

– Je suis vraiment désolée ! répondit honnêtement l'adolescente.

Puis, elle prit une grande inspiration et tendit la lettre qu'elle avait écrite pour son amie, Sonia.

– Je l'ai rédigée cet après-midi, lui expliqua-t-elle. Je ne l'ai pas cachetée. Vous pouvez la lire si vous le souhaitez. Je... j'avais besoin de fournir des éclaircissements à mon amie... Je ne révèle rien au sujet des éternels, mais je voulais la rassurer sur ce qui m'était arrivé et lui dire que je ne l'oubliais pas. Je ne lui donne pas d'adresse de retour non plus.

– Je la posterai, promit le directeur. Tu sais, Stella, à la mort de ta mère, tu as perdu tes repères et tu n'es pas encore parvenue à en créer d'autres suffisamment stables. Sache que tu peux compter sur moi. En attendant de gagner ta confiance, je souhaiterais que tu respectes le bien d'autrui et que tu ne voles plus rien.

– Bien sûr! Je suis désolée! répéta Stella une nouvelle fois.

Elle quitta le bureau avec un poids en moins sur les épaules, mais avec autant de questions sans réponse.

Toute la semaine, ses trois amis et elle s'entraînèrent à s'influencer mutuellement. Raphaël essaya même de négocier avec monsieur Ledoux, leur professeur d'histoire, afin qu'il revienne sur sa décision de leur donner un devoir. L'adolescent parvint à obtenir une réduction de moitié. Les autres élèves l'en félicitèrent.

Le samedi matin à neuf heures, ils se rassemblèrent dans la salle de classe de monsieur Pépin.

– Votre mission d'aujourd'hui consistera à convaincre des humains de faire quelque chose qui n'était pas prévu à leur horaire. Tout d'abord, vous allez vous répartir en équipes de quatre et, pour chacune d'elles, l'un de vous viendra piger une feuille au hasard sur le bureau.

Étant donné que les quatre amis savaient déjà qu'ils voulaient travailler ensemble, Victoria se dirigea d'un pas décidé vers l'avant de la classe. Elle prit la première feuille sur le bord et la rapporta.

EXERCICE PRATIQUE DE NÉGOCIATION

Lieu : Lac des Cygnes et place de l'Homme

Événement : Spectacle aérien des Snowbirds

Consignes :

* Chacun des élèves doit relever un des défis de façon individuelle.
* Les défis doivent être exécutés dans l'ordre. Cela signifie qu'il vous est impossible de passer au défi suivant tant que celui qui le précède n'a pas été accompli.

* Aucun point d'expérience ne sera attribué si chacun des participants de l'équipe n'a pas mené à bien son défi. En d'autres termes, vous réussissez tous ou vous échouez ensemble.

Défis:

* Convaincre un humain de vous conduire sur le site.
* Convaincre un humain de vous offrir un cornet de crème glacée.
* Convaincre un humain de quitter le site avant le début du spectacle.
* Convaincre un humain de porter quelque chose de ridicule.

W

Emma tourna la tête vers Stella et la fixa avec des yeux paniqués.

– C'est beaucoup trop difficile, chuchota-t-elle.

– Mais non, répliqua Victoria. Avec les trucs de négociation qu'ils nous ont donnés, ça va aller!

Stella leva les yeux au ciel. Victoria se montrait toujours si fonceuse et sûre d'elle que c'en était parfois un peu pénible.

– En théorie, ç'a toujours l'air facile, argumenta Emmanuelle, qui semblait partager les pensées de Stella. C'est la pratique qui m'inquiète.

– Allez, les filles! chuchota Raphaël. Nous sommes les plus jeunes de la classe. Il faut leur montrer qu'on peut y arriver.

– Très bien, dit Victoria. Je me lance. Je prendrai le premier défi. Emma, avec ton petit air de bonne fille parfaite et douce, tu devrais réussir facilement le deuxième.

Puis, elle se tourna vers Raph.

– À mon avis, le défi le plus difficile est le troisième et, comme tu as convaincu le prof d'histoire de diminuer la charge de nos devoirs, je pense que c'est toi qui devrais le relever.

« Ce qui me laisse le dernier point, songea Stella. Convaincre quelqu'un de porter quelque chose de ridicule. Pfff! »

Ses pensées furent interrompues par l'enseignant.

– Une lettre est inscrite dans le bas de chaque feuille de consignes. En sortant, prenez le sac qui y correspond. Vous y trouverez certains accessoires qui devraient vous être utiles au courant de la journée. Je vous attendrai dans la grande bibliothèque à partir de dix-sept heures. Il vous faudra être revenus avant dix-neuf heures. Bonne chance à tous !

Les chaises raclèrent le sol et les équipes sortirent.

– Allons chercher nos vestes et rejoignons-nous devant le café, au rez-de-chaussée, proposa Victoria. Je prendrai l'ascenseur cinq.

– Et moi, poursuivit Emmanuelle, la sortie du boulevard De Maisonneuve.

– Je passerai par le garage, décida Raphaël.

– OK. J'arriverai par l'immeuble d'à côté, choisit Stella.

Au cours de sa première semaine à l'Académie, on lui avait montré chacune des sorties du gratte-ciel. On lui avait expliqué qu'elle devait les utiliser en alternance, afin de ne pas attirer l'attention des passants et des commerçants.

L'adolescente s'empressa de récupérer un gros chandail chaud et traversa le souterrain qui la mena à l'édifice voisin. Elle atteignit rapidement la rue et marcha d'un bon pas pour revenir vers l'Académie et retrouver ses coéquipiers devant le café.

– Où est Victoria ? demanda-t-elle à Emma.

– Déjà à l'œuvre, répondit son amie en pointant le menton vers leur camarade, en grande discussion avec la maman de deux jeunes enfants.

L'ange blond entra dans le café avec la petite famille et revint vers ses amis quelques minutes plus tard.

– Elle va nous conduire jusqu'au lac des Cygnes, déclara-t-elle.

– Wow ! dit Stella, impressionnée. Comment as-tu réussi ?

– J'ai suivi à la lettre les directives de monsieur Gaudreau. La petite dans la poussette avait échappé son soulier. Je l'ai ramassé et je suis allée le donner à la maman. L'autre enfant avait envie d'aller aux toilettes, alors je leur ai indiqué le chemin. Je leur ai tenu la porte et j'ai offert mon aide pour surveiller la plus jeune pendant que la mère était dans la cabine avec l'aînée. Ensuite, alors qu'elle changeait la couche de Rose, je lui ai raconté que nous voulions nous rendre au lac des Cygnes pour voir les Snowbirds, mais que nous étions à pied. Lorsque nous sommes sorties, elle avait décidé d'assister au spectacle avec ses filles et elle m'a offert de nous y amener.

– Bravo ! se réjouit Emmanuelle. Le premier point est déjà réglé.

– C'est génial ! renchérit Raphaël.

Alors qu'elle montait dans la camionnette grise de la petite famille, Stella remarqua une voiture noire un peu plus loin dans la rue. Elle aurait juré que Jules se tenait au volant. Ses sens se mirent aussitôt en alerte.

« Pas Jules ! pria-t-elle. Je refuse que ce soit lui qui porte un contrôleur ! »

Comme pour monsieur Menzies, Stella avait spontanément développé une affection particulière pour cet homme. Imaginer que l'un d'eux puisse détenir une part de responsabilité dans la mort de sa mère et lui vouloir du mal à elle la mettait au supplice.

« Il doit y avoir une autre explication à sa présence ! Peut-être que nos professeurs nous font suivre pour s'assurer que nous réussissons chaque étape ? »

Malgré cette pensée, Stella sut qu'elle resterait désormais aux aguets toute la journée.

CHAPITRE 9

TRAVAIL D'ÉQUIPE

Une fois sur le site, ils remercièrent chaleureusement la gentille maman qui les y avait conduits en lui assurant qu'ils avaient un moyen de revenir au centre-ville plus tard.

Le prochain défi était pour Emmanuelle. Remarquant la nervosité de son amie, Stella décida de s'abstenir d'augmenter son niveau de stress en partageant avec elle le fait qu'on les surveillait sans doute.

– Sais-tu comment tu vas t'y prendre ? lui demanda-t-elle plutôt.

– Je pense que je vais approcher les gens en leur racontant que je mène un sondage pour un travail scolaire. J'essaierai ensuite de convaincre quelqu'un de me faire essayer une saveur de glace que je ne connais pas.

– Je n'ai jamais rencontré quelqu'un qui paye un cornet à un parfait inconnu, fit valoir Victoria.

– Mais ça ne veut pas dire que ça n'existe pas, renchérit Stella, qui souhaitait encourager son amie. Allez, c'est le but de notre exercice. Tu es capable !

– Tu pourrais peut-être aussi essayer directement avec le vendeur ? lui suggéra Raphaël.

Emma approuva cette idée. Les quatre amis marchèrent sur le chemin du Tour-de-l'Isle. Lorsqu'ils arrivèrent près du lac, il était encore un peu trop tôt pour que les vendeurs de crème glacée soient sur place. Ils s'assirent donc sur l'herbe et discutèrent des meilleures stratégies pour mener à bien leurs défis. Stella observait régulièrement les environs. Elle tentait de repérer Jules, mais n'y parvint pas.

« Je dois m'être trompée », finit-elle par croire.

Au moment venu, Emmanuelle se leva avec son calepin et son stylo et alla trouver le vendeur de crème glacée. Elle parla près d'une heure avec lui. La jeune fille notait régulièrement des informations et riait avec les clients qui venaient acheter une glace. Elle finit par prendre un *selfie* avec le vendeur. Puis, un deuxième avec un client. Cette fois, elle avait une glace entre les mains. C'est avec un grand sourire que ses amis la virent revenir vers eux. Elle avait réussi.

Stella sentit sa pression monter d'un cran. Son tour s'en venait. Soudain, un avion passa au-dessus de leur tête. Il était si bas que le bruit assourdissant du moteur obligea la plupart des gens autour d'eux à plaquer leurs mains sur leurs oreilles. Les adolescents virent que plusieurs personnes avaient les larmes aux yeux à la suite de la douleur ressentie à leurs tympans.

– Si un seul avion fait un tel boucan, imaginez plusieurs, commenta Emma en léchant sa crème glacée.

– C'est le moment idéal! s'exclama Raphaël en s'approchant d'une femme et d'un homme âgés.

Il ne lui fallut que trois minutes de discussion avec eux pour qu'ils reprennent le sentier vers le stationnement. Raphaël fit signe à ses amies de l'attendre sur place et suivit le couple. Il revint une trentaine de minutes plus tard.

– Je devais m'assurer qu'ils quittaient vraiment le site, se justifia-t-il. Hé! Ça va super bien! Il ne nous reste qu'un seul défi. Ensuite, on aura tout le reste de notre après-midi pour nous. Stella ! C'est à toi ! Que vas-tu faire porter à ta « victime » ?

– Il y a un chapeau de clown et de gigantesques lunettes mauves dans le sac, répondit l'adolescente. Je pense que je vais essayer avec le chapeau.

Elle s'en empara et s'éloigna de ses amis.

« Je dois réussir, se dit-elle. Si j'échoue, eux non plus n'auront pas leurs points. »

Au début, elle était contente de passer en dernier. Maintenant, elle se rendait compte qu'il s'agissait de la pire position. Victoria avait pu se débarrasser de toute pression dès le matin, alors qu'elle-même avait vu la sienne augmenter d'heure en heure.

Elle repéra un homme d'une soixantaine d'années seul sur un banc du parc. Elle alla s'asseoir près de lui et réfléchit à la première règle d'une négociation.

« D'abord, donner avant de recevoir ! Mais qu'est-ce que je pourrais bien lui offrir ? »

Le souvenir de sa mère refit surface à ce moment. *La vérité engendre la confiance. Au bout du compte, tu seras toujours gagnante.* Stella sourit et décida de suivre ce conseil.

« Je vais lui donner la vérité. »

– Bonjour, monsieur. Je m'appelle Stella Séguin. J'ai un défi à relever aujourd'hui dans le cadre de mon cours de négociation. Je dois convaincre quelqu'un de porter ce drôle de chapeau.

– Et... j'imagine que tu aimerais me demander de le faire ? en déduisit l'homme bedonnant.

« Reformuler », pensa-t-elle.

– En fait, si vous me proposiez vous-même de le porter, ce serait génial, répliqua-t-elle avec un grand sourire innocent.

L'homme rit.

– Quel est ton cours, déjà ? Négociation ? C'est un drôle de choix à ton âge ! Et on enseigne ça à l'école ? Bof... j'imagine que ça peut être pratique dans notre bizarre de société.

– Pour être exacte, je dirais plutôt qu'il s'agit d'un cours de persuasion.

– Et tu voudrais me persuader de porter ce chapeau ridicule ? reprit l'homme.

« Nommer les émotions. »

L'adolescente pencha la tête vers son épaule et observa son interlocuteur avec des points d'interrogation dans les yeux.

– Ça vous gênerait ? supposa-t-elle.

– Un peu. Si mon patron passait dans le coin...

« Questionner. »

– Et si c'était plutôt une jolie dame qui vous remarquait, et qu'elle vous trouvait amusant ?

– J'ai déjà eu une belle dame dans ma vie. Hélas, elle nous a quittés.

« Nommer les émotions. »

– Et cela vous rend triste, devina Stella, dont le cœur se serra devant le chagrin visible de l'homme.

– Oui, ma petite. Mais la vie continue...

« Encourager et répéter. »

– Oui, la vie continue..., reprit-elle. Et elle peut vous apporter encore bien des surprises... Comme une gentille Stella qui vous offre de porter pendant quelques minutes un drôle de chapeau pour faire jaser les adultes autour de vous et rire les enfants.

L'homme sourit comme elle s'imaginait qu'un grand-papa l'aurait fait devant la tentative d'envoûtement de sa petite-fille.

– Je suis certain que tu vas le réussir, ton cours ! Allez ! Prête-moi ce chapeau, que je regarde s'il me va.

L'homme le mit sur sa tête et Stella lui assura d'un air joyeux qu'il lui allait très bien.

– Et comment ton professeur saura-t-il que je l'ai porté ?

– On pourrait prendre une photo ensemble, proposa-t-elle.

L'homme accepta et ils posèrent pour leur *selfie*. L'adolescente lui fit cadeau du chapeau pour le remercier et rejoignit ses amis le cœur léger. Elle avait réussi !

Il faisait beau et chaud pour une journée de début d'été et les quatre adolescents décidèrent de rester pour le spectacle, qui aurait lieu trente minutes plus tard. Ils marchèrent vers la place de l'Homme pour avoir une meilleure vue et parlèrent de tout et de rien. Stella laissait le soleil réchauffer sa peau et pensait beaucoup à sa mère. Elle aurait aimé qu'elle soit là, près d'elle, ou qu'elle l'attende à la maison à son retour.

Lorsque les avions avec leurs longues traînées de fumée apparurent dans le ciel, les exclamations fusèrent autour de Stella. Ils volaient en forme de V, si près les uns des autres que l'adolescente avait peur que leurs ailes se touchent. Elle observa, fascinée, les courbes, les cercles ainsi que les figures diverses que formaient les pilotes.

Tournant la tête sur le côté, elle laissa son regard se perdre quelques instants dans la foule. C'est là qu'elle aperçut Albert.

« Ce n'est pas possible ! songea-t-elle en tremblant subitement de peur. Un démon ne peut pas se promener ainsi parmi les gens ! »

Elle se rappela le magasin. Personne n'avait entendu Albert, à part sa mère et elle. Personne n'avait eu conscience qu'Angéla se faisait tuer non plus. Stella était-elle la seule à pouvoir l'observer ?

– Emmanuelle ? chuchota-t-elle en tirant sur la manche de son amie. Vois-tu l'homme noir, chauve et costaud, là-bas ?

– Bien sûr. Pourquoi ? Tu le connais ?

Stella se souvint alors que monsieur Menzies avait expliqué que c'était un chef démon. Il ne se trouvait certainement pas là sans raison. Une catastrophe se préparait, il n'y avait aucun doute !

– Il va se passer quelque chose de grave, annonça-t-elle d'une voix paniquée à son amie.

– Que veux-tu dire ?

Stella remarqua alors qu'Albert fixait quelque chose à l'horizon. Elle suivit son regard. Les Snowbirds revenaient vers eux. Ils survolaient le fleuve Saint-Laurent à très basse altitude. Alors qu'ils redressaient tous le nez pour passer au-dessus du pont de la Concorde, le dernier se mit à tanguer dangereusement.

– Il va s'écraser sur le pont ! prédit Raphaël, estomaqué.

Stella sentit ce qu'elle devait faire. Elle était certaine qu'en ce moment le pilote tentait désespérément de remonter et qu'Albert devait, d'une façon ou d'une autre, l'en empêcher.

« S'il ne peut pas monter, se dit-elle, il doit pouvoir descendre ! »

Elle se concentra de toutes ses forces. Alors que l'appareil n'était plus qu'à quelques mètres du pont et que les cris d'horreur parvenaient à ses oreilles, Stella visualisa l'engin passant sous celui-ci. Ce fut alors comme si la vie quittait lentement son corps. Son esprit se vida, son cœur ralentit, ses doigts blanchirent et l'avion prit le chemin qu'elle voulait. Au moment où, dénuée de toute énergie, elle tombait dans les bras d'Emmanuelle, elle entendit un cri de rage parmi la foule.

– ANGÉLAAAA !!!!

Au milieu du brouillard qui obscurcissait ses pensées, Stella eut conscience que deux bras forts et solides la soulevaient de terre. Elle sentit son cœur se réchauffer un tout petit peu.

– Dispersez-vous ! entendit-elle. Revenez à l'Académie immédiatement par des chemins différents. Soyez le plus humains possible.

Quelqu'un courait en la tenant dans ses bras. Elle cherchait à reconnaître la voix. Une voix d'homme qui avait peur. Peur de qui ? D'Albert ? Elle sombrait lentement dans l'inconscience.

– Tiens bon, petite étoile ! l'encouragea son protecteur. J'ai ce qu'il faut dans la voiture.

« Jules. C'est Jules. Il est venu me chercher encore une fois ! »

Elle sentit une nouvelle vague d'énergie déferler vers son cœur. Ce n'était pas suffisant. Elle le savait.

« Ainsi, il n'y a pas que les demi-anges qui peuvent mourir, pensa-t-elle en abandonnant la lutte. Je vais retrouver maman ! »

CHAPITRE 10

ACTE CRIMINEL

Stella ouvrit lentement les yeux. Un cri de joie d'Emmanuelle lui confirma qu'elle n'avait pas quitté le monde des vivants. Elle sourit à son amie, qui s'empressa de la prendre dans ses bras.

– Tu m'as tellement fait peur ! Pendant un instant, j'ai oublié notre nature d'éternelles et j'ai cru que tu allais mourir. Ce n'est qu'une fois assise dans l'autobus de la ville que j'ai commencé à me raisonner et à me dire que ça ne se pouvait pas.

– J'avoue que, moi aussi, j'ai pensé que c'était la fin ! affirma Stella d'une voix rauque en observant l'endroit où elles se trouvaient.

– Que s'est-il passé, Stella ? voulut savoir Emma.

– Tu te rappelles l'homme que je t'ai montré cet après-midi ? demanda-t-elle en réprimant un frisson de peur.

– Oui.

– Il s'agissait d'un démon.

Au moment où Emmanuelle ouvrait grand les yeux d'horreur, Kyle Menzies entra dans la pièce avec son traditionnel kilt à carreaux et sa bonne humeur. Ses yeux brillèrent de joie quand il vit son élève réveillée. Il vint se planter au pied du lit.

– Eh bien ! Tu pourras te vanter d'avoir fait peur à tes amis et à Jules.

– Je sais...

– Te souviens-tu de ce qui s'est passé ?

– En partie. Je me rappelle avoir vu Albert. J'ai tout de suite deviné que quelque chose de mauvais se préparait. Un des avions s'est détaché de la formation et a semblé sur le point de s'écraser sur le pont. Comme j'ai déjà arrêté un autobus alors que je n'étais qu'un demi-ange, je me suis dit que je pouvais peut-être le détourner de sa trajectoire.

– Et tu avais raison, approuva l'Écossais. Toutefois, ce faisant, tu as utilisé presque toute ton énergie angélique. Vois-tu, lorsque tu étais à demi humaine, ton humanité te maintenait en vie lorsque tu en expulsais trop. Maintenant, tu as beaucoup plus de puissance, mais, une fois celle-ci dépensée, rien ne te retient sur cette terre. Il n'y a que deux façons de tuer un éternel : le vider de son énergie ou l'empoisonner. C'est malheureusement de cette deuxième façon qu'on a assassiné ta mère.

– Mais moi, je ne suis pas morte, souligna Stella, qui tentait de tout assimiler et de faire des liens avec ce qui s'était passé.

– Non. Jules t'a rejointe juste à temps. Il t'a cachée et t'a transmis suffisamment d'énergie pour que tu tiennes le coup jusqu'ici.

L'adolescente se rappela la douce chaleur qu'elle avait ressentie. Elle réalisa qu'elle avait vraiment failli mourir. Un frisson la traversa.

C'était sérieux ! Elle avait gardé secrète la mission d'Angéla suffisamment longtemps. S'il lui arrivait quelque chose, personne ne pourrait prendre la relève. Il était temps qu'elle fasse confiance à quelqu'un.

– Avant de mourir, ma mère m'a révélé qu'elle soupçonnait les démons d'avoir découvert une façon de repérer l'énergie des anges.

Emma eut l'air scandalisée et elle s'assit sur la chaise à côté du lit de Stella.

– Oui. Elle m'en a parlé et nous menons des recherches en ce sens, mais je ne crois pas que cette théorie tienne la route, répondit monsieur Menzies.

Stella souhaitait de tout son cœur que le directeur ait raison, mais elle était sceptique.

– Comment se fait-il alors que, juste avant que je m'évanouisse, Albert ait crié le nom de ma mère ?

– Oui. Jules me l'a dit. Toutefois, tu dois savoir qu'Albert a développé au fil des siècles d'énormes pouvoirs. Nous pensons que l'un de ceux-ci pourrait être de « sentir » les éternels, mais seulement lorsqu'il les cherche et que ces derniers se trouvent près de lui. Il a crié le nom de ta mère, parce que, pour l'instant, tu n'as pas ta propre empreinte angélique et que tu dégages davantage sa puissance à elle. Le transfert de don est encore très récent.

– Alors, il s'imagine qu'elle est en vie…

– Je l'espère. Plus longtemps il le pensera, plus tu auras de temps pour apprendre.

– Vous croyez que, lorsqu'il saura que j'existe, il se lancera à ma poursuite ?

Emmanuelle étouffa une exclamation effrayée. Cette idée inquiétait aussi Stella, mais, en même temps, faisait naître en elle l'espoir d'un combat futur entre le démon et elle.

– C'est une possibilité, lui accorda Kyle. Plus un éternel est jeune, plus il est facile de lui enlever ses pouvoirs. De plus, Albert recherche tous ceux qui se mettent en travers de son chemin, lui apprit Kyle le plus simplement du monde. Et, à ses yeux, tu l'as privé d'un beau spectacle aujourd'hui.

– Un avion qui s'écrase ?

– Une foule ressentant la peur et l'horreur devant une tragédie.

Stella secoua la tête d'incompréhension. Cette quête de terreur n'avait aucun sens pour elle.

– Monsieur Menzies ? Comment tue-t-on un démon ?

Les épaules de l'Écossais s'affaissèrent, son regard devint extrêmement doux et, dans un murmure empreint de bonté, il dit :

– On l'aime !

– Quoi ?

– C'est la seule façon de tuer un démon : lui offrir une énorme dose d'amour. C'est pour cette raison qu'ils cachent leur présence aux humains et qu'ils se montrent aussi prudents. Les humains, lorsqu'ils le veulent, peuvent produire de telles vagues d'amour qu'ils en deviennent plus puissants que les anges. Sans s'en rendre compte, ils font fuir les démons de certaines parties du monde. Ils réussiraient à les éliminer s'ils le décidaient. Les démons travaillent donc à petites doses, s'insinuant lentement dans un milieu et développant des tentacules de mal, de peur et d'inquiétude.

– Vous voulez dire que, si je parvenais à l'aimer, grimaça Stella, Albert mourrait.

– Il faudrait que cet amour soit sincère. Et, toute seule, tu manquerais de force. Tu te viderais de ton énergie. Nous ne tuons un démon qu'en groupe.

– De toute façon, je ne vois pas comment j'arriverais à l'aimer ! avoua honnêtement l'adolescente.

– Ça aussi, ça s'apprend ! C'est très complexe, faire partie des éternels !

Stella approuva de la tête. Monsieur Menzies lui affirma qu'elle pouvait rejoindre ses amis et qu'il s'occupait de poursuivre l'enquête sur les hypothétiques nouvelles capacités des démons.

Les deux filles quittèrent la chambre de récupération énergétique et rejoignirent Victoria et Raphaël, auxquels elles firent part de leurs soupçons.

– Ta mère croyait vraiment que les démons peuvent désormais nous découvrir ? la questionna Victoria.

– C'était une de ses théories, avoua Stella.

– Parce qu'elle en avait d'autres, saisit Raphaël.

Stella regarda attentivement ses amis. Elle avait eu l'intention de tout leur avouer. La veille, elle l'aurait fait. Mais maintenant ? Maintenant qu'elle avait revu Albert... Maintenant qu'elle avait de nouveau constaté ce dont il était capable... Avait-elle le droit de les lancer sur la piste d'un éternel portant un contrôleur ? Non. Elle refusait de mettre leur vie en danger. Elle aimait trop ses nouveaux amis.

– Ma mère était un ange guerrier, alors son travail consistait justement, entre autres, à élaborer différentes théories sur les pouvoirs des démons. Elle m'en a très peu parlé avant de mourir, parce que je n'avais pas encore quinze ans. Mais ne vous inquiétez pas, monsieur Menzies a dit que c'était presque impossible et qu'ils enquêtaient déjà là-dessus.

Elle fit ensuite bifurquer le sujet sur la façon dont ils voulaient occuper leur journée de congé du lendemain. La stratégie fonctionna et ils ne reparlèrent plus d'Albert.

Du haut de l'immeuble abritant l'Académie, Stella finissait d'attacher son harnais. Elle se préparait avec excitation à sa première descente de décalade extérieure. Il était six heures du matin. En ce beau dimanche, presque personne ne déambulait dans les rues de la métropole. Les responsables de l'Académie avaient statué qu'un groupe d'amateurs de sports extrêmes sur le toit d'un gratte-ciel ne devrait pas trop attirer l'attention des humains.

Emmanuelle et Victoria étaient déjà parties. Raphaël attendait Stella. La jeune fille aimait être avec lui. Il lui semblait grand et fort à côté d'elle.

« On dirait que je n'ai peur de rien lorsqu'il est là ! » réalisa-t-elle.

– Prête ? lui demanda-t-il avec son sourire qui creusait sa fossette.

– En même temps que le soleil, confirma Stella en regardant à l'horizon l'astre du jour qui se levait.

– Voilà un beau souvenir à conserver, lui fit remarquer l'adolescent.

– Tu ne trouves pas ça fou ? murmura-t-elle. Je ne me suis jamais sentie aussi vivante que depuis que je suis un ange.

– C'est peut-être parce qu'on a la conviction d'avoir une mission à accomplir dans ce vaste monde.

– Tu prononces des paroles bien profondes, pour un dimanche matin, se moqua gentiment Stella.

– Allez, descendons parmi les hommes ! l'encouragea Raphaël en marchant vers le bord de l'immeuble.

Stella s'approcha aussi et regarda en bas. C'était vraiment très haut.

« Est-ce qu'un éternel peut mourir s'il s'écrase dans la rue à partir d'un point aussi élevé ? » se demanda-t-elle.

Elle l'ignorait. Monsieur Menzies lui avait affirmé qu'on pouvait seulement tuer un ange en l'empoisonnant ou en le vidant de son énergie.

« Mais j'imagine que je ne suis pas incassable et qu'aller s'aplatir sur l'asphalte doit entrer dans la définition de "se vider de son énergie" ! »

– Mais à quoi penses-tu ? lui lança Raphaël. Viens !

Stella secoua la tête pour chasser ses pensées troublantes. Elle se positionna sur l'arête du toit et mit son corps à l'horizontale, face vers la terre, au-dessus de la rue. Comme chaque fois qu'elle se retrouvait dans cette position, les battements de son cœur s'accélérèrent. Elle sentait la corde tendue entre ses mains. L'adolescente plia les genoux et sauta. Elle descendit ainsi quelques mètres et recommença, prenant toujours plus de vitesse.

À ses côtés, Raphaël commença à faire des culbutes. Elle essaya un tour sur elle-même et le réussit à merveille.

– Yahoo ! cria-t-elle, heureuse.

Soudain, la corde entre ses doigts devint molle et Stella alla s'écraser l'épaule et la hanche contre une des vitres de l'édifice. D'un geste, elle bloqua le câble à sa ceinture et l'agrippa à deux mains au-dessus de sa tête pendant que ses pieds pendaient dans le vide. Stupéfaite, elle observa la corde qui avait été sectionnée quelques mètres plus bas, l'empêchant de poursuivre sa descente. Stella savait que Raphaël se trouvait trop loin pour pouvoir remonter et l'aider, et il apparaissait impensable qu'elle se hisse par la force de ses bras jusqu'en haut du gratte-ciel. Comment allait-elle se sortir de là ?

L'adrénaline se répandait dans son corps pendant que la panique la gagnait. Si elle était descendue plus vite, elle serait tombée dans le vide. Et si toute la corde était fragile ? Et si elle se rompait au-dessus d'elle maintenant ? Stella serra le bout qu'elle tenait à s'en blanchir les jointures. Elle leva la tête. Personne. Elle regarda le sol. Il devait lui rester au moins dix étages à franchir avant de l'atteindre. Ses yeux se remplirent de larmes.

Tout à coup, elle entendit des sons sourds un peu plus haut. Lorsqu'elle leva la tête, elle vit monsieur Ledoux, son professeur d'histoire, lui aussi suspendu à une corde, en train de la rejoindre par bonds successifs. Il fut auprès d'elle en quelques secondes. Il se propulsa sur le côté et, dès qu'il le put, il la saisit par la taille. Stella laissait maintenant les larmes couler sur ses joues sans discontinuer.

– Tout va bien aller, Stella, la rassura-t-il. Je vais te faire monter sur mon dos. Tu vas enrouler tes jambes autour de moi. Tu passeras un bras par-dessus mon épaule droite et un autre sous la gauche. Lorsque tes deux mains se seront jointes et que tu te tiendras vraiment fort, nous remonterons.

L'adolescente suivit ces consignes à la lettre.

– Je suis prête!

Monsieur Ledoux agrippa à deux mains une poignée suspendue à la corde et poussa un bouton. Le câble se mit à remonter de lui-même, les entraînant vers le haut du gratte-ciel. Au bord du toit, l'enseignant arrêta le mécanisme de traction et ordonna à Stella de s'appuyer sur lui pour atteindre le sommet. Dès que ce fut fait, elle se retourna et aida son professeur à y grimper aussi.

Elle venait tout juste d'y parvenir lorsque la porte de l'accès au toit s'ouvrit. Ses amis arrivèrent en courant. Ils la prirent à tour de rôle dans leurs bras pendant que monsieur Ledoux ramassait la corde de décalade de l'adolescente et l'examinait. Du coin de l'œil, Stella le vit froncer les sourcils et ranger l'objet dans un sac.

– Tout se termine bien, lança-t-il en décrochant le treuil sur lequel était enroulé le câble qu'il avait utilisé. J'espère que ce qui vient de se produire ne vous découragera pas de pratiquer ce sport. Des accidents arrivent tous les jours. Plus le sport est dangereux, plus la prudence est de mise. C'est pour cette raison qu'un enseignant vous accompagne toujours quand vous venez faire de la décalade. Stella, tu devrais aller manger un morceau pour retrouver un peu de ton énergie. Je vais ramasser le matériel avec Emmanuelle et elle vous rejoindra ensuite.

Stella remercia sincèrement monsieur Ledoux et se rendit à la cafétéria. Le souvenir du froncement de sourcils de son enseignant la hantait toutefois et, dès qu'elle eut terminé son repas, elle décida de retourner le voir. Elle le trouva dans son bureau. Le sac dans lequel il avait rangé la corde de décalade rompue traînait dans un coin.

– Monsieur Ledoux ? commença-t-elle, puis-je vous demander votre avis sur ce qui s'est passé ce matin ?

– Eh bien... ta corde s'est rompue.

Stella haussa un sourcil ironique devant cette évidence.

« Je vais devoir me montrer plus précise », songea-t-elle avec détermination.

– Était-ce réellement un accident ?

L'enseignant soupira et la fixa dans les yeux pendant de longues secondes.

– Non, répondit-il finalement. Elle a été coupée.

– Par qui ?

– J'aimerais bien le découvrir. Il me paraît impossible qu'un éternel ait fait cela et... un humain n'aurait pas pu monter jusqu'ici, alors... je nage dans le néant.

– Monsieur Ledoux, avez-vous connu ma mère ?

– J'ai effectivement eu cette chance. Angéla était un ange de grand talent.

– Oui, tout le monde le dit. Juste avant de mourir, elle menait des recherches en secret.

– J'en ai entendu parler, lui confirma l'enseignant. Elle tentait de savoir si les démons avaient acquis le pouvoir de repérer les éternels.

Le fait que monsieur Menzies avait informé monsieur Ledoux rassura beaucoup Stella. Cela voulait dire qu'il considérait l'enseignant comme digne de confiance.

– C'est vrai. Mais il y a autre chose. Elle cherchait à savoir si un ange portait un contrôleur.

Les yeux de l'homme devinrent ronds comme des billes. Puis, il hocha la tête.

– Cela me semble très peu probable... Mais Angéla devait avoir de bonnes raisons de considérer cette hypothèse. D'ailleurs, cela pourrait expliquer le câble sectionné de ce matin. Crois-tu que quelqu'un aurait une raison de t'en vouloir ? Est-ce que ta mère t'a légué quelque chose qui pourrait être convoité par une tierce personne ?

– Pas exactement...

Après des semaines à chercher sans résultat, Stella avait bien envie de faire confiance à son enseignant.

Il était temps qu'elle trouve un adulte avec qui elle pourrait travailler pour découvrir l'héritage de sa mère et poursuivre son enquête. Pourquoi pas son enseignant d'histoire ? Après tout, il lui avait sauvé la vie le matin même, au péril de la sienne.

– En fait, ma mère m'a laissé un message en mourant. Je pense qu'il mène à un objet. Le problème, c'est que je ne réussis pas à comprendre le sens de ses mots.

– Aimerais-tu un coup de main ?

Stella lui récita le contenu de la lettre.

– Peut-être trouveras-tu une réponse seulement lorsque tu sauras voler dans le ciel, supposa-t-il.

« Hein ? De quoi parle-t-il ? Voler comme un oiseau ? »

Une telle idée paraissait si inconcevable à Stella qu'elle n'osa pas interroger son professeur.

« Il va me prendre pour une folle et c'est la dernière chose que je veux ! »

– Je sais une chose par contre, poursuivit-il. Si ta mère souhaitait qu'il n'y ait que toi qui réussisses à résoudre l'énigme, elle aura laissé un indice que toi seule peux découvrir.

– J'ai vraiment envisagé toutes les possibilités.

– Angéla ne laissait rien au hasard ! Je pense que tu dois réfléchir autrement. Je vais me creuser les méninges de mon côté aussi, et, si je songe à quelque chose, je te préviendrai immédiatement.

– Merci.

– À la suite de ce que tu viens de me dire, je considère que nous devrions garder secret le fait qu'un acte criminel se cache derrière les événements de ce matin. Toutefois, il me paraîtrait imprudent que nous soyons les seuls au courant. Avec ta permission, je vais en informer monsieur Menzies et deux ou trois autres éternels triés sur le volet.

Si elle avait osé, Stella aurait poussé un gigantesque soupir de soulagement. Non seulement son professeur la prenait au sérieux, mais, en plus, il lui proposait de s'allier des adultes de confiance. Étant donné qu'elle désirait donner une image d'adolescente sûre d'elle et forte, elle approuva plutôt tout simplement :

– Ça me semble une bonne idée.

– Alors, c'est entendu. Je te recontacte dès que j'ai plus d'informations. Dans l'intervalle, puis-je te demander de ne pas en parler à d'autres élèves ? Créer un sentiment de panique est la dernière chose dont nous ayons besoin en ce moment.

Stella acquiesça de nouveau. Elle avait donc pris la bonne décision en ne se confiant pas à ses amis. Ça aussi la soulageait d'un poids. Elle rejoignit son groupe l'esprit plus léger.

« J'avance, maman. Lentement, mais sûrement. Je vais déchiffrer ton message et trouver qui porte ce fichu contrôleur. Je te le promets ! »

CHAPITRE 11

NAISSANCE

Lundi après-midi, à la suite de sa période de jeux vidéo, Stella se rendit à son cours d'infiltration. Monsieur Pépin, son professeur, annonça aux élèves le nouveau thème qu'ils allaient aborder : comment passer inaperçu et se fondre dans le décor.

– Les règles pour rester incognito sont sensiblement les mêmes que celles servant à suivre quelqu'un à pied. Votre comportement et votre manière de vous vêtir détermineront la réussite de votre mission.

Stella aimait quand un enseignant lui parlait ainsi. Elle avait l'impression qu'elle se préparait à devenir une espionne.

– La règle de base consiste à ne pas attirer l'attention. Aucune couleur voyante, pas de souliers, chapeau ou manteau bizarres. Pas de bijoux voyants pour les filles. Aucun signe particulier sur votre chandail, car le cerveau enregistre plus facilement les images. En résumé : évitez les détails dont les gens pourraient se souvenir. Portez des couleurs neutres, voire ternes. En ce qui concerne les chaussures, la plupart du temps, des espadrilles font parfaitement l'affaire.

L'adolescente savait déjà comment elle s'habillerait pour partir en mission. Un jean noir, un t-shirt gris et ses espadrilles noires avec une petite ligne rose toute discrète sur le côté.

– Contrairement à ce que l'on croit souvent, on remarque presque autant l'individu hyper réservé qui ne dit jamais rien et n'adresse pas la parole à qui que ce soit que celui extraverti qui crie qu'il existe par tous les moyens possibles. Si vous voulez passer inaperçu, vous devez vous situer entre les deux. Dans une réception, choisissez un interlocuteur banal à qui parler. Ainsi, vous serez occupé sans qu'on vous remarque. Ou, alors, intégrez un groupe bruyant. Les leaders monopoliseront les regards et votre présence sera masquée. Oui, Victoria ?

– On fait comment pour intégrer un groupe si on ne connaît personne et qu'on ignore de quoi les gens parlent ?

– Ah ! Excellente question ! Les meilleurs agents d'infiltration que j'ai rencontrés sont ceux qui possèdent de grandes connaissances générales. Vous devez donc vous instruire sur le plus de sujets possible. Apprenez la géographie, l'histoire et l'art. Informez-vous des récentes découvertes technologiques, des jeux vidéo à la mode, des films de l'année. Lisez les actualités.

– Vous voulez qu'on devienne des chiens savants ? lança la jeune fille à la blague.

– Victoria... Si vous étalez vos connaissances avec des phrases interminables et un vocabulaire soutenu, il est évident que vous passerez à côté de votre objectif. Si vous vous montrez discrète, votre degré d'instruction vous permettra d'intégrer n'importe quel milieu et de soutenir n'importe quelle conversation avec n'importe qui.

Le cœur de Stella s'accéléra. Elle adorait ce qu'elle entendait. Elle avait toujours aimé s'instruire.

« Je deviendrai la meilleure agente d'infiltration qu'ils auront jamais vue ! » se promit-elle.

Le lendemain à la deuxième période, en arrivant dans son cours de musique, Stella s'étonna d'y voir le directeur de l'Académie affublé d'une drôle de chemise blanche fendue dans le dos. Il discutait avec deux éternels qui lui étaient inconnus, un homme et une femme.

« J'espère qu'il n'est pas arrivé une autre catastrophe ! » songea l'adolescente.

Elle alla prendre sa place sur une marche dans le demi-cercle du chœur, derrière Victoria et Emmanuelle.

– Penses-tu qu'on change de professeur de chorale ? lui demanda justement son amie à la chevelure de feu en déposant son cartable sur un lutrin.

– Si c'est le cas, répondit Victoria, j'ai hâte d'en connaître la raison.

Stella devait bien avouer qu'elle aussi. En tant qu'éternels, ses professeurs ne pouvaient pas tomber malades. Dans ce monde étrange qu'elle apprenait à découvrir, les réponses s'avéraient toujours différentes de ce qu'elle attendait. À ses côtés, Raphaël ouvrait la bouche pour donner son opinion lorsque monsieur Menzies fit un pas en avant pour prendre la parole. Tous les élèves se redressèrent derrière leur lutrin et l'observèrent.

– Les anges volent ! proclama, bien fort, l'Écossais.

Stella, excitée, tourna la tête vers Raphaël. Elle venait de comprendre qu'il n'y aurait tout simplement pas de séance de chant ce jour-là.

« Nous avons un nouveau cours ! devina-t-elle. C'est pour cette raison qu'il y avait deux matières, musique et vol, dans cette case horaire. »

Comme si elle lisait dans son esprit, Emma tourna la tête vers elle, les yeux écarquillés d'émerveillement. Les deux filles reportèrent leur attention sur leur directeur, qui poursuivait :

– Ça, c'est la partie que les humains connaissent. Croire que nous avons en permanence des ailes dans le dos est une aberration qui relève du mythe ! Si nous pouvons voler, c'est grâce à ceci.

D'un geste théâtral, il leva bien haut dans les airs un petit médaillon en forme d'ailes. Stella se rappela le commentaire de monsieur Ledoux concernant le fait qu'elle devrait apprendre à voler dans le ciel et ouvrit la bouche d'étonnement.

« C'est tellement impossible ! » songea-t-elle.

– L'anatomie des éternels, et plus particulièrement leur dos, diffère légèrement de celle des humains.

« Quoi ? »

– Lorsque vous désirez que vos ailes apparaissent, expliqua monsieur Menzies aux étudiants ébahis, il vous suffit de transmettre un peu de votre chaleur angélique à votre médaillon et d'arrondir légèrement le dos afin qu'elles aient de la place pour sortir. Je ne vous cacherai pas que, la première fois que vos ailes se créeront un chemin hors de vous et que votre colonne vertébrale s'adaptera, ce sera un peu douloureux. Mais, ensuite, vous ne sentirez plus rien.

L'enseignant referma son poing sur le médaillon et une lueur verte fusa entre ses doigts. Presque aussitôt, deux magnifiques ailes de la même couleur se déployèrent dans son dos. Des exclamations ahuries et impressionnées jaillirent parmi les élèves lorsqu'il les fit battre deux fois.

– Le reste de la journée, et probablement une bonne partie de la nuit, servira à faire apparaître vos ailes une première fois. Il s'agit d'un moment important dans la vie d'un éternel et vos enseignants vous soutiendront. Je vous présente Louise et Grégoire. Ce sont des anges soignants et ils vous aideront à traverser les prochaines heures.

– Tu ne trouves pas que ça fait un peu peur? chuchota Emmanuelle en se tournant vers Stella.

L'adolescente approuva de la tête. Lorsque monsieur Menzies avait dit « un peu douloureux », elle ne s'était pas inquiétée, mais la nécessité d'avoir des anges soignants sur place ne la rassurait pas.

– Étant donné que vos chambres ne sont pas assez grandes pour que vous puissiez déployer vos ailes, nous vous invitons à vous rendre au gymnase B, conclut monsieur Menzies. Un espace a été réservé pour chacun de vous.

Les quatre amis s'empressèrent de s'y diriger. Sur place, ils s'arrêtèrent net. La moitié du gymnase était cachée par d'immenses rideaux qui pendaient du plafond. Les adolescents constatèrent qu'ils étaient installés de façon à créer plusieurs compartiments meublés d'un lit, d'une petite table avec une lampe et d'un tabouret. À l'entrée de chaque compartiment, le prénom d'un élève de leur classe était inscrit. Stella trouva rapidement le sien pendant que ses amis s'éloignaient dans le labyrinthe de tissu.

L'adolescente s'assit sur le lit en se demandant ce qu'elle devait faire. Quelques secondes plus tard, madame Matsuo entra.

– Bonjour, Stella. C'est moi qui vais t'aider à faire apparaître tes ailes.

– Ça semble compliqué.

– Pas du tout. Tu y arriveras très bien. La première fois demande un peu de courage, mais je sais que tu es une jeune fille avec de merveilleuses ressources de persévérance et de bravoure. Je vais te prêter mon médaillon.

– Est-ce que j'en aurai un ensuite ?

– Un jour, peut-être. Les médaillons d'ailes sont rares et très précieux. Il faut près de cinquante ans et une grande quantité d'énergie angélique pour en produire un. Ils se transmettent habituellement d'un éternel à un autre. L'Académie en possède quelques-uns pour les cours de vol.

– Celui-là est le vôtre ?

– Oui. Je l'ai obtenu de l'Académie du Japon après avoir travaillé pendant de nombreuses années pour qu'un traité de paix et d'amitié soit signé entre ce pays et la Chine. Tiens. Prends-le.

Stella contempla le magnifique pendentif d'un vert profond. Elle le fit tourner entre ses doigts et finalement l'enferma dans son poing comme monsieur Menzies l'avait fait. Rien ne se passa.

– Tu dois essayer de transmettre ton énergie au bijou, comme si tu voulais le réchauffer très vite. Ferme les yeux et imagine un courant qui part de ton cœur, descend par ton bras, envahit ta main et irradie tout autour.

L'adolescente s'exécuta.

– C'est bien! l'encouragea madame Matsuo. Continue.

Soudain, une douleur fulgurante traversa la colonne vertébrale de la jeune fille, comme si on venait de la fendre en deux. Elle laissa échapper un cri et tomba à genoux.

– Excellent, Stella. Je sais que tu ne peux pas le voir, mais tu as énormément progressé en une seule fois.

«Parce qu'il y en aura d'autres!»

Les séances de torture se succédèrent effectivement tout au long de la journée. Madame Matsuo ne quittait pas Stella. Elle lui avait fait enfiler un chandail spécial qui s'attachait dans le cou et qui laissait son dos à découvert. Elle enduisait aussi régulièrement celui-ci d'un baume rafraîchissant.

– Stella ! Tu dois te décider à envoyer une plus grosse dose d'énergie à ton médaillon. Lors de ta dernière tentative, des bosses sont apparues dans ton dos. Ça veut dire que le processus tire à sa fin. Lorsque tes ailes se seront déployées une fois, ce sera terminé. Tu n'auras plus jamais mal en les faisant réapparaître.

Madame Matsuo venait de mettre le doigt sur le problème. L'adolescente devait envoyer des doses d'énergie plus importantes au médaillon. Or, chaque fois qu'elle le faisait, le supplice se révélait si intense qu'elle croyait que son cœur allait lâcher. Son cerveau refusait de continuer. Comment ses professeurs pouvaient-ils penser qu'elle allait volontairement s'obliger à souffrir ainsi ? Ce serait beaucoup plus simple si on lui imposait le processus. Des cris déchirants lui parvenaient de partout autour d'elle, ce qui n'aidait en rien !

– Venez tous ! cria soudain quelqu'un avec un rire dans la voix.

Une lueur de plaisir brilla dans les yeux de madame Matsuo, qui prit Stella par la main pour l'entraîner hors de son abri. Devant elles, dans l'autre partie du gymnase, se tenait Marthe avec de belles ailes bleu pâle. Les enseignants l'applaudirent à tout rompre et les élèves les imitèrent. Un grand sourire de fierté illuminait les traits de la vieille femme.

– Ç'a été plus facile pour moi, dit-elle en regardant ses camarades de classe, parce que j'ai déjà connu la souffrance au cours de ma longue vie d'humaine. Continuez ! Ça en vaut la peine et, dès que les ailes jaillissent, il n'y a plus de douleur.

Comme pour le leur prouver, elle les agita doucement. La beauté du mouvement et des plumes subjuguait Stella. Elle était bien décidée à se reprendre malgré la douleur. En dépit de ses efforts, ses ailes refusaient toutefois d'apparaître. Victoria fut la première de leur petit groupe à recevoir des applaudissements pour ses ailes roses. Puis, ce fut au tour de Raphaël, dont les ailes totalement noires attirèrent des exclamations enthousiastes des professeurs. Emmanuelle suivit, avec de belles ailes violettes.

Stella l'applaudit avec cœur, mais commença à s'inquiéter. Presque tous les autres élèves avaient réussi à matérialiser leurs ailes. Pourquoi les siennes s'obstinaient-elles à rester cachées? Elle y mettait tout son cœur, pourtant. Lorsqu'elle revint dans son cocon, les deux anges soignants s'y trouvaient déjà. Ils examinèrent son dos et palpèrent sa colonne. Ils lui donnèrent quelques conseils et elle essaya de nouveau. Trente minutes plus tard, la sueur ruisselait sur son corps. Elle tremblait sur ses jambes et avait l'impression que des points noirs dansaient devant ses yeux. Monsieur Menzies lui-même se présenta dans sa chambre de tissu. La nuit était déjà bien installée.

– Alors, Stella, que se passe-t-il? demanda-t-il.

– Je l'ignore, répondit-elle pendant que d'énormes larmes coulaient malgré elle de ses yeux. Je suis fatiguée.

– Elle est plus jeune que les autres, dit la femme. Peut-être son dos n'est-il pas suffisamment mature.

– Je ne le crois pas, répliqua l'Écossais avec bonne humeur. Stella est un ange à part entière. Elle parvient à émettre une énergie que j'ai rarement vue chez un élève, même parmi les plus doués.

Entendre ces paroles fit énormément de bien à Stella, qui, pour l'heure, se sentait totalement incompétente.

– Alors, peut-être ses ailes ont-elles simplement besoin d'un coup de main pour éclore, suggéra l'autre ange soignant.

– Elle doit y arriver seule, prononça monsieur Menzies en observant l'espace autour de lui d'un œil critique, mais il est possible que cet endroit soit trop étroit pour elle. Viens, Stella.

L'adolescente prit la main tendue et suivit, en vacillant, le responsable de l'Académie vers la partie sans rideaux du gymnase.

– Je donne ce cours depuis plus de deux cents ans, lui chuchota l'Écossais. Voir apparaître les ailes d'un éternel pour la première fois est une des plus belles choses que je connaisse. En deux siècles, aucun n'a échoué. Tes ailes sont là, Stella! Elles attendent le bon moment et la bonne dose d'énergie. Ici, tu auras de la place. Tu n'as pas à craindre de les déployer.

Stella examina les lieux autour d'elle. Ses amis et ses camarades de classe se tenaient tous là. Ils attendaient. Cela la gêna beaucoup. Elle riva son regard sur celui d'Emmanuelle, qui lui adressa un signe de tête pour l'encourager.

– Tu vas te concentrer comme si tu voulais faire fondre un glaçon dans ta main, lui conseilla son professeur, et je vais appliquer une toute petite pression de chaque côté de tes omoplates. Cette fois sera la bonne.

L'adolescente décida de tourner le dos aux autres. Elle prit une grande inspiration et referma de nouveau ses doigts sur le médaillon. La peur d'échouer lui vrillait le cœur.

– Vas-y, Stella ! cria Raphaël au milieu du silence général. Tu peux y arriver !

L'adolescente sourit pour elle-même. Il était fou ! Mais, visiblement, il n'était pas le seul, parce que des encouragements se mirent à fuser. Stella fut heurtée de plein fouet par une véritable vague d'amour. Elle frémit et, pendant qu'une douce chaleur se répandait dans ses veines, elle envoya son énergie au médaillon. Plissant le front sous l'effort, elle parvint à faire apparaître une lueur entre ses doigts. D'abord vacillante, celle-ci prit de la force. La jeune fille sentit les bosses se reformer dans son dos et elle eut l'impression que sa peau se déchirait au niveau de ses omoplates.

Elle ferma les yeux pour ne pas s'évanouir et ne put s'empêcher de hurler.

– Des ailes blanches! entendit-elle murmurer derrière elle lorsqu'elle se tut.

Un profond silence emplit alors le gymnase.

On aurait dit que plus personne n'osait respirer. Stella regarda ses enseignants, dont les expressions émerveillées succédaient à des airs incrédules. Elle tourna alors la tête vers le grand miroir et observa la pointe des deux ailes immaculées au-dessus de ses épaules. Elle les étira naturellement, comme s'il s'agissait de ses bras, et elles se déployèrent de chaque côté de son corps. Stella étendit les mains, paumes tournées vers l'arrière, et caressa les magnifiques et douces plumes.

« J'ai réussi! » pensa-t-elle tandis qu'un sourire de satisfaction se dessinait sur ses lèvres.

Alors seulement les applaudissements arrivèrent. Madame Matsuo s'approcha d'elle et la fit asseoir sur un tabouret.

– La première fois que tu déploies tes ailes, lui expliqua-t-elle, c'est un peu comme pour la naissance d'un oisillon. Tu dois prendre le temps de les sécher. Tes plumes ont besoin de se débarrasser de l'humidité de ton corps. Ensuite, elles seront toujours prêtes pour voler.

– Et je n'aurai plus mal…

– Non. C'est terminé. Il n'y a qu'à la naissance que c'est douloureux.

– J'imagine que je peux quand même les blesser ?

– Oui. Exactement comme tu pourrais te blesser un bras ou un pied. Elles font partie de toi. Il t'est possible de les cacher en toi si tu le veux, mais, déployées, elles sont vulnérables. Dès que tes plumes auront complètement séché, tu pourras les faire disparaître. Il te suffira de serrer de nouveau le pendentif dans ta main et d'en aspirer la chaleur.

Pendant qu'on invitait tout le monde à aller se restaurer à la cafétéria, Stella battit doucement des ailes pour accélérer leur séchage. Une fois cette opération terminée, elle tenta l'expérience de les obliger à réintégrer son corps et y parvint du premier coup. Elle ouvrit le poing et remit le médaillon à son enseignante.

– Les humains peuvent-ils nous voir ?

– Lorsque nous volons ? Aucun risque ! Une aura de dissimulation est incluse dans chaque bijou. Nous en reparlerons dans une autre leçon.

L'adolescente remercia très chaleureusement sa professeure, qui l'avait soutenue pendant toute cette épreuve.

Ensuite, elle chercha le directeur de l'Académie du regard pour lui demander si madame Matsuo était dans le secret concernant le contrôleur. Malheureusement, il s'était volatilisé. Comme elle tenait à regagner la confiance de l'Écossais, elle ne voulait pas avoir l'air trop insistante. Compte tenu que monsieur Ledoux lui avait assuré qu'il prenait le dossier en main, elle décida qu'il valait mieux attendre. Mourant de faim, elle rejoignit plutôt ses amis à la cafétéria.

Sitôt qu'elle fut assise, Raphaël l'assaillit de questions sur la signification de ses ailes blanches. Devant le manque de réponses de Stella, il s'exclama :

– Tu ne les as pas interrogés ? Tu as dû remarquer que les profs étaient mystifiés par tes ailes !

– Pour de vrai, Raph, j'étais surtout occupée à reprendre mon souffle et à garder mon équilibre, se justifia-t-elle.

– Peut-être qu'elle est juste albinos des plumes, proposa Victoria.

– Peut-être aussi que la couleur n'apparaît qu'après quinze ans, fit valoir Stella.

– Moi, je pense que, si la nature a fait des fleurs de toutes les couleurs, dit Emma, elle peut bien avoir créé des plumes de toutes les couleurs pour les éternels aussi.

– Oui, approuva Raphaël, mais le blanc, c'est l'absence de couleur.

– Comme le noir, lui lança Victoria.

– En fait, précisa Emmanuelle, le noir absorbe les couleurs et le blanc les reflète. Peut-être êtes-vous tous les deux spéciaux à votre manière.

– Bien sûr que nous sommes spéciaux..., conclut Stella en riant. Nous sommes des anges!

Deux jours plus tard, monsieur Menzies fit monter les élèves de leur groupe dans des voitures qui les conduisirent à travers la ville.

– Que vient-on faire au Parc olympique ? demanda Victoria pendant que leur véhicule s'engouffrait dans l'entrée.

Stella observait le grand mât du stade et espérait secrètement que le but n'était pas de leur donner un premier cours de vol en les lançant d'en haut ! Les chauffeurs les laissèrent à la porte du complexe sportif et tout le monde suivit le directeur de l'Académie à l'intérieur.

– Les garçons, vous m'accompagnez au vestiaire, dicta l'Écossais sur le ton de « qui m'aime me suive ! ». Les filles, allez mettre un maillot et rejoignez-nous à la piscine.

Marthe prit le gros sac qu'il lui tendait et ouvrit la marche. Quelques minutes plus tard, elles avaient toutes un maillot identique, un bonnet de bain et une serviette. Après une douche rapide, elles passèrent du côté de la piscine. Stella en resta bouche bée. Devant elle s'étendait un bassin gigantesque, plus grand que tout ce qu'elle aurait pu imaginer. Des gradins orange la longeaient. D'immenses rideaux noirs étaient tirés devant ce qui devait être des fenêtres ou d'autres gradins. L'endroit semblait désert.

Monsieur Menzies, toujours habillé de son habituel kilt malgré l'endroit où ils se trouvaient, s'avança vers elles.

– Bienvenue à votre premier cours de vol, les filles ! Venez.

Ils marchèrent vers le tremplin du milieu. Juste derrière étaient stationnés deux énormes camions avec bras télescopique. Aussi, plutôt que de les inviter à grimper l'échelle du tremplin, le directeur leur indiqua de monter sur la plateforme d'un des véhicules.

« Comment ont-ils fait entrer des camions élévateurs ici ? » se demanda Stella, impressionnée.

Ceinturé d'un garde-corps d'environ un mètre de haut, le chariot s'éleva dans les airs dès que monsieur Menzies en actionna le mécanisme.

– Stella ! Regarde ! lui dit Emmanuelle en montrant le plafond.

L'adolescente redressa la tête et vit Raphaël penché au-dessus d'un plateau identique au leur. Il dépassait de plusieurs mètres le plus grand des tremplins. Stella commençait à craindre les prochaines minutes.

– Monsieur Menzies, vous n'allez pas nous faire sauter de là, n'est-ce pas ?

– Bien sûr que non, ma belle Stella. Je vais vous faire voler de là !

À ses côtés, Emma éclata d'un rire nerveux. Le directeur de l'Académie lui sourit comme s'ils partageaient une bonne blague.

– Seigneur ! Il est sérieux…, murmura Victoria en perdant un peu de son éternelle assurance.

CHAPITRE 12

LEÇON DE VOL

Quelques secondes plus tard, la plateforme des filles arriva au niveau de celle des garçons. Stella leva le bras et toucha une des poutres du plafond. L'éternel sur le chariot voisin actionna une manivelle et une planche d'environ deux mètres, cachée sous le plateau, se déploya pour créer un tremplin.

– Raphaël, appela le directeur, prends le médaillon d'ailes que te tend Edgar. Passe-le à ton cou et avance sur la planche !

L'adolescent s'exécuta.

– Maintenant, tes ailes, ordonna le directeur, visiblement heureux du déroulement de son cours.

Stella fixa son ami, qui ferma les yeux quelques secondes et courba légèrement les épaules vers l'avant. Lorsque deux magnifiques ailes noires apparurent, monsieur Menzies se tourna vers l'ensemble des élèves.

– Avez-vous déjà vu un oisillon prendre son envol? Après quelques jours de vie, parfois seulement quelques heures, la mère émet des sons particuliers pour inciter ses petits à sauter en bas du nid. Ceux-ci s'approchent du bord et s'élancent.

Le silence se fit au sein du groupe. Raphaël jeta un coup d'œil vers la surface de l'eau. Stella l'entendit pousser un profond soupir, entre le découragement et la résignation. Puis, sans compte à rebours et sans prévenir, il se laissa tomber. Une exclamation de surprise et d'horreur parcourut leurs rangs.

À peine trois secondes plus tard, en battant des ailes, Raphaël revint à leur hauteur avec un immense sourire de fierté. Les applaudissements ainsi que les cris d'enthousiasme et d'admiration jaillirent.

– Bravo, Raphaël! le félicita monsieur Menzies, l'air plus fier encore que l'adolescent. Maintenant, si tu t'en sens la force, vole un peu au-dessus de la piscine et pose-toi au sol ou dans les gradins. Arrête-toi avant d'être épuisé.

Pendant que l'adolescent s'éloignait à tire d'ailes, l'enseignant expliqua que les premiers essais étaient toujours très courts. Les élèves devaient prendre le temps de développer leur musculature.

Trois autres apprentis s'élancèrent avant que Stella trouve le courage nécessaire pour faire un pas en avant. Monsieur Menzies piocha dans la sacoche accrochée à sa ceinture et lui remit un pendentif. Il était un peu plus lourd que celui de madame Matsuo. Elle glissa la chaîne autour de sa tête et tenta de transmettre de la chaleur au médaillon.

Aussitôt, elle sentit un léger picotement dans sa paume. Celui-ci se transforma en douce chaleur qui se propagea le long de son bras jusqu'à son cou et descendit au milieu de ses omoplates. Stella courba le dos par réflexe en avançant les épaules. Elle se sentit soudain différente. Alors, elle inspira profondément et, en serrant les poings de peur, se laissa tomber dans le vide.

Elle battit immédiatement des ailes comme elle l'aurait fait avec ses bras. Elle ne perçut aucune douleur. Sa chute s'arrêta net et elle éclata de rire.

La jeune fille dut fournir un effort colossal pour continuer son mouvement. Elle remonta lentement vers ses camarades. Emmanuelle, penchée par-dessus la balustrade, riait en applaudissant.

Stella était stupéfaite. Quelle impression merveilleuse ! Elle redescendait vers la piscine quand elle eut l'impression qu'un courant d'air plaquait son aile droite vers l'arrière tandis que la gauche continuait vers l'avant. Elle piqua immédiatement du nez et eut juste le temps de refermer ses ailes autour d'elle avant de plonger dans l'eau. Le poids de ses plumes l'entraîna vers le fond. Deux éternels sautèrent à sa suite et la tirèrent vers la surface.

– Et... c'est pour ça qu'on s'entraîne au-dessus d'une piscine ! lança monsieur Menzies en riant.

Il semblait s'amuser beaucoup ! Lorsqu'il parlait, sa voix résonnait fort, comme lorsque Stella avait entendu Albert.

« Comment y parviennent-ils sans porte-voix ? » se demanda l'adolescente en se dirigeant vers un immense ventilateur sur pied placé derrière un radiateur.

Dès qu'elle l'atteignit, elle lui tourna le dos et fit sécher ses plumes. La chaleur engendrait une douce sensation sur sa peau. À ce moment, Raphaël et un autre élève tombèrent dans la piscine.

– Vous devez apprendre à reconnaître vos limites, leur conseilla le directeur du haut de son perchoir.

Jusqu'à la fin de l'après-midi, ils s'exercèrent au vol, décollant à partir du sol ou se jetant de la plate-forme ou d'un tremplin de la piscine. Tout le monde piqua du nez au moins une fois dans l'eau. Monsieur Menzies et les éternels qui l'accompagnaient leur prodiguèrent de nombreux conseils. Lorsque leur enseignant annonça la fin du cours, Stella était épuisée.

Le cours suivant se donna au même endroit. Puis, ils déménagèrent dans un hangar d'avions sur le terrain de l'aéroport Pierre-Elliott-Trudeau, et Stella reçut son premier chandail de vol. Contrairement à celui que lui avait prêté madame Matsuo et qui s'attachait dans le cou, celui-ci avait des manches longues ainsi qu'un dos. Une fente avait été pratiquée dans le tissu pour que les ailes puissent passer.

– Ici, vous ne disposez plus de la ceinture de sécurité que représentait la piscine, leur fit remarquer le directeur de l'Académie. Toutefois, vous aurez beaucoup plus de place pour voler. Dans les prochains cours, nous travaillerons surtout votre capacité à devenir invisibles aux yeux des humains. Le médaillon vous permet cela, mais ça ne se fait pas tout seul. Vous devez maîtriser le processus et l'imposer. Ceux d'entre vous qui y parviendront d'ici un mois pourront participer à une sortie en campagne et à un vol à l'extérieur.

« Un vol à l'extérieur, wow! » songea Stella, bien décidée à se qualifier pour l'activité.

La semaine suivante, Stella avait l'indication de se rendre au gymnase C pour son cours de transfert matinal. Celui-ci servait essentiellement à leur faire développer leurs capacités télépathiques et télékinétiques. Lorsqu'elle y arriva, elle constata que les élèves attendaient devant une dizaine de chiens de races différentes. Stella interrogea Emma du regard. Cette dernière ouvrit la bouche pour la renseigner, mais leur professeur d'origine indienne, monsieur Ansari, la devança.

– Comme vous le savez maintenant, une fois dans le monde humain, votre travail consistera entre autres à influencer les pensées et les émotions des gens et, à plus grande échelle, les événements au quotidien. Cela devra se faire dans le secret absolu afin que le monde angélique reste caché et soit préservé des forces du mal. Notre anonymat est notre meilleure protection.

Il fit une courte pause, puis ajouta :

– Aujourd'hui, nous allons commencer par un exercice simple. Vous devrez influencer les émotions d'un animal. Pour ce faire, trouvez en vous l'émotion que vous voulez transmettre. Lorsque vous la ressentez bien, propulsez-la hors de votre corps, vers l'animal. Emmanuelle ? Veux-tu essayer ?

L'adolescente s'avança d'un pas vers un chien qui, heureux, se mit à balancer sa queue d'un côté à l'autre. Elle l'observa attentivement. Soudain, Stella vit la queue du chien descendre vers le sol. Il pencha la tête vers la droite, puis se coucha et se mit à geindre. Emmanuelle s'approcha alors de lui pour le flatter. Après quelques secondes, le chien se releva, lui lécha le visage et retrouva sa bonne humeur.

– Impressionnant ! lança monsieur Ansari. Voyons si Stella peut en faire autant.

« Comment Emma a réussi ça ? » pensa l'adolescente.

Elle choisit donc d'imiter son amie et se plaça devant l'un des animaux. Il affichait un air boudeur et ne la regardait même pas. Elle se concentra de toutes ses forces sur l'idée d'un chien joyeux. Au bout de deux longues minutes, celui-ci se coucha au sol.

– C'est lui que tu veux endormir ou nous ? la taquina Victoria.

Stella lui tira la langue et décida de changer de tactique. Monsieur Ledoux, le professeur d'histoire, arriva sur ces entrefaites, des instruments métalliques dans les mains.

« Je dois me rappeler un moment où je me suis vraiment amusée ! » s'exhorta l'adolescente en tentant de ne pas se laisser déconcentrer.

Elle se remémora la descente en rafting qu'elle avait faite l'été précédent, avec sa mère et trois de ses amies. Elle avait bien eu un peu peur, mais l'émotion dominante avait été celle de pur plaisir. Un sourire se forma sur ses lèvres. Stella s'imagina mettre toute cette joie dans un ballon, qu'elle projeta sur le chien. À ce moment, il cligna des yeux à plusieurs reprises et bâilla longuement. Les mains de l'adolescente devinrent moites.

– Stella? Peux-tu nous dire quelle est l'émotion que tu tentes de transmettre, s'il te plaît? demanda le professeur Ansari.

Avant qu'elle pût répondre, le chien sauta sur ses pattes et se mit à grogner dangereusement après elle. Du coin de l'œil, Stella vit Victoria et Emmanuelle s'éloigner prudemment de quelques pas. L'animal gronda encore plus fort. Il prit appui sur ses pattes arrière, comme s'il s'apprêtait à lui sauter à la gorge.

Stella paniqua. Ce n'était pas elle qui faisait ça!

« Pourquoi ce chien est-il en colère contre moi? Et s'il me mordait? »

– Stella, recule lentement! ordonna le professeur Ledoux d'une voix calme.

À ce moment-là, le chien se mit à japper férocement, pendant que trois autres commençaient à grogner à leur tour. Stella tourna la tête vers monsieur Ansari tout en gardant un œil sur eux. Le professeur fronçait les sourcils, l'air surpris et inquiet.

Monsieur Ledoux s'avança aux côtés de Stella.

– Tu dois arrêter ça et calmer ces chiens, Stella. Vite!

L'adolescente tut le fait qu'elle n'avait rien à voir avec la colère des animaux. Elle passa en mode « urgence » et, comme cela lui était déjà arrivé, son « moi angélique » réagit plus vite que son « moi conscient ». Dans sa tête, elle se mit à fredonner la chanson que sa mère lui chantait toujours dans son enfance. Stella remarqua la douceur du chandail qu'elle portait, l'odeur de cire fraîche du plancher, la couleur sombre des yeux des chiens et les sons ténus émis par les élèves dans son dos. Elle inspira profondément et se concentra sur ce que sa professeure de maîtrise d'habiletés angéliques appelait son aura. Pour la première fois, elle vit une lueur rose autour de ses mains. Elle poussa cette enveloppe loin de son corps, jusqu'aux chiens. Lentement, ceux-ci se calmèrent.

– Continue jusqu'à ce qu'ils se couchent, lui intima monsieur Ledoux à voix basse.

– Par… fait ! la félicita le professeur Ansari. Je n'en attendais pas moins de toi.

– Merci, répondit Stella en revenant au moment présent.

Puis, elle se tourna vers son professeur d'histoire et répéta :

– Merci !

Celui-ci lui sourit gentiment. Il s'approcha d'elle et chuchota :

– Viens me voir dans la grande bibliothèque du onzième, à seize heures, s'il te plaît.

Le cœur de Stella fit un bond dans sa poitrine. La veille, elle avait réussi à lui parler à la fin de son cours et il avait prétendu ne pas avoir découvert de nouvelles informations pour elle. Qu'est-ce qui avait bien pu changer depuis ? Les adultes avaient-ils réussi à trouver qui portait un contrôleur ? Son enseignant avait-il résolu l'énigme de la lettre d'Angéla ? Pendant qu'elle se questionnait, celui-ci remit à monsieur Ansari les deux instruments qu'il avait apportés, salua de la tête les élèves et quitta le gymnase.

– Marthe, c'est à ton tour, appela le professeur de transfert en rangeant les outils sur une table basse.

Dès que l'attention des élèves ne fut plus braquée sur elle, Stella sentit ses forces l'abandonner et ses genoux se mirent à trembler. Emmanuelle se précipita à ses côtés.

– La colère ! commenta celle-ci dans un murmure. Tu n'y penses pas ! C'est vraiment intense comme émotion. Ça ne te tentait pas de commencer par la joie ou le bonheur ?

Stella décida de ne pas réagir à cette remarque. Elle aurait le temps de tout raconter à son amie plus tard. Ce qui venait de se produire la laissait trop perplexe.

Immédiatement après son cours de natation, Stella se rendit à la grande bibliothèque. Ne voyant pas son professeur, elle se promena en regardant les tentures vertes qui descendaient du plafond entre les bibliothèques. Elle observait les bibelots, les globes terrestres sur pied, les rangées de livres bien alignés. Elle tourna dans sa tête pour la millième fois le message de sa mère.

« *Vole, ma Plume. Déploie tes ailes. Le monde est beau et ton avenir est devant.* Il doit bien y avoir un indice quelque part, se répétait-elle. Qu'est-ce qui m'échappe ? »

– Est-ce toi qui as transmis une émotion négative aux chiens ce matin ? lui demanda monsieur Ledoux.

Perdue dans ses pensées, Stella sursauta. Puis, elle se tourna vers l'enseignant, qui venait d'arriver. Il avait l'apparence d'un homme de quarante ans, mais, si elle se fiait à son incroyable capacité à raconter les événements historiques comme s'il s'y trouvait, il devait plutôt être âgé de deux ou trois cents ans. Des mèches grises se mêlaient à ses cheveux noirs. Ses tempes et son front légèrement dégarnis ainsi qu'un léger embonpoint contribuaient à inspirer la confiance. Depuis qu'elle l'avait rencontré, Stella se sentait bien avec lui.

– J'essayais de leur communiquer un sentiment de joie, avoua-t-elle. Je n'ai aucune idée de ce qui s'est passé.

– C'est ce que je craignais.

Le ton inquiet de son professeur provoqua chez l'adolescente un frisson d'appréhension qui parcourut son échine.

– Je suis persuadé que quelqu'un est intervenu dans ton exercice, affirma l'enseignant. Si tu n'étais pas parvenue à les calmer, ces gentilles bêtes auraient pu te défigurer.

La tranquillité de la pièce pesa soudain lourd sur Stella. Non seulement monsieur Ledoux venait-il de détruire l'espoir qu'elle entretenait de voir bientôt la fin de toute cette histoire, mais ce que ces paroles signifiaient était affreux. Elle bougea les doigts pour se détendre et se donner une contenance.

– Qui peut m'en vouloir à ce point ? murmura-t-elle.

– Tu m'as dit que ta mère croyait qu'un éternel portait peut-être un contrôleur ET qu'elle t'avait laissé un message secret. Les événements d'aujourd'hui m'amènent à penser que tu as raison et que cette personne veut t'empêcher de décoder ce message ou le résoudre avant toi. À partir de maintenant, je considère que nous ne sommes plus dans le doute, mais devant une certitude.

« OK ! Là, je ne peux plus perdre de temps, songea Stella. Je dois agir encore plus efficacement et découvrir coûte que coûte ce que maman cachait de si important ! »

Elle tenta une piste qu'elle n'avait pas encore explorée.

– Savez-vous pourquoi ma mère a décidé de devenir en partie humaine ?

– La vie d'éternelle qu'elle avait choisie n'avait rien de facile. Combattre les démons est le métier le plus exigeant qui soit. De plus, l'immortalité amène beaucoup de solitude. Les humains que nous aidons et ceux que nous aimons vieillissent et meurent. À la longue, on peut se sentir démoralisé.

– Voilà pourquoi elle a arrêté son travail d'ange... Elle se sentait seule.

– En vérité, je l'ignore. Tout ce que je sais, c'est qu'un jour elle a démantelé son escouade et a décidé d'avoir un enfant.

– Et maintenant ? Que dois-je faire ?

– As-tu trouvé une réponse à l'énigme d'Angéla ?

Stella secoua tristement la tête.

– Tu dois te concentrer là-dessus, affirma le professeur. Pour ma part, je vais de nouveau confier nos soupçons à l'équipe d'enquête.

« Une équipe d'enquête ! »

Monsieur Ledoux avait réellement pris les choses en main et plusieurs éternels cherchaient le coupable. Super ! L'adolescente aurait toutefois aimé être invitée à se joindre à eux. Peut-être pouvait-elle aussi créer sa propre bande. Après tout, même si son enseignant l'ignorait, ses amis connaissaient déjà une grande partie du problème.

– Puis-je en discuter avec Emma, Raph et Victoria ? s'informa-t-elle pour avoir la conscience en paix.

– Je pense en effet que ce serait bien qu'ils t'aident à trouver la signification du message de ta mère. Toutefois, si nous désirons vraiment découvrir si un ange porte un contrôleur, il faut qu'il y ait le moins de personnes possible dans le secret. Tes amis t'aiment beaucoup, ils voudront t'aider. Aussi, ils commenceront vraisemblablement à fouiller partout, à poser des questions et à s'en parler entre eux. Or, même avec les meilleures intentions du monde, il est très facile de laisser filtrer des informations cruciales lors d'une conversation, et quelqu'un qui tendrait l'oreille pourrait tout faire échouer.

Stella devait avouer que ce que disait son professeur recelait plein de bon sens. Elle avait elle-même déjà gâché une surprise en parlant un peu trop. Elle acquiesça donc et remercia de nouveau son enseignant pour son aide judicieuse.

Une fois dans sa chambre, elle sortit le message de sa mère de son tiroir et le relut, même si elle pouvait le réciter par cœur. Elle essaya encore tous les trucs qu'elle connaissait pour en faire surgir un second sens ou un message secret. Elle prit les premières lettres de tous les mots et les assembla, puis les dernières. Rien ! La jeune fille omit un mot sur deux, puis deux sur trois. Rien ! Elle sépara les mots en syllabes et les mélangea pour les réorganiser autrement. Toujours rien ! Découragée, elle replia la feuille et la remit à sa place.

CHAPITRE 13

PASSER INAPERÇU

Le lendemain, assise à une grande table dans son cours d'infiltration, Stella vit son niveau de stress, déjà élevé en raison de cette histoire de contrôleur, grimper en flèche. Monsieur Pépin, son professeur, venait tout juste d'annoncer aux élèves un examen-surprise.

– Je vous laisse une heure pour vous préparer et pour venir me rejoindre dans le stationnement souterrain. Chacun de vous partira, avec un éternel bénévole, dans un lieu différent. Votre mission sera de passer inaperçus dans une foule. Vous devrez atteindre un endroit précis, vous procurer un objet ou en remettre un à quelqu'un, obtenir une information et revenir à votre point de départ. Deux heures plus tard, les gens que vous aurez croisés seront questionnés et, si personne ne se souvient de vous, vous aurez réussi votre test.

Stella prit une grande inspiration pour se calmer.

– À partir de maintenant, il vous est interdit de communiquer entre vous pour quelque raison que ce soit, ajouta l'enseignant. On se voit dans une heure !

Toutes les chaises bougèrent en même temps. Stella se leva, ramassa son sac et sortit de la classe sans regarder ses amis. Monsieur Pépin les observait attentivement. Elle courut plus qu'elle ne marcha jusqu'à sa chambre. Lorsqu'elle referma la porte, elle s'y adossa.

« OK. Je suis capable ! De quoi ai-je besoin ? »

Elle se précipita vers sa commode et fouilla dans ses tiroirs. Elle lança sur son lit un jean foncé, un chandail gris, dépourvu de dessin et pas trop moulant, une montre et une casquette noire. Penchée sur son bureau, elle attrapa un calepin, deux crayons à mine, son porte-monnaie et un petit sac qu'elle pouvait porter en bandoulière. L'adolescente se changea, mit ses espadrilles et passa à la salle de bain pour se nettoyer le visage, défaire sa queue de cheval, brosser ses cheveux et les laisser tomber de chaque côté de son visage. Elle allait partir lorsqu'elle se rappela les enseignements de monsieur Pépin. Peut-être lui faudrait-il se montrer patiente et s'occuper pour ne pas attirer l'attention. Elle glissa donc un livre dans son sac et décida de passer par la cafétéria pour attraper une pomme afin de l'ajouter à son matériel d'espionne.

Dès qu'elle arriva dans le stationnement, elle vit son enseignant prendre des notes en l'observant. Il lui assigna une voiture et elle y monta. Elle était seule. Elle attendit environ cinq minutes et Victoria prit place sur le siège arrière, à côté d'elle. La consigne du silence n'ayant pas été levée, les deux filles se saluèrent d'un simple mouvement de tête. Deux éternels plus expérimentés s'installèrent à l'avant et l'automobile démarra.

Heureusement qu'on était en juillet et que les écoles étaient fermées, sinon son âge aurait fortement joué en sa défaveur. Ils sortirent de Montréal et roulèrent pendant un peu plus d'une heure. Stella vit les pancartes indiquant la municipalité de Drummondville.

Quelques minutes plus tard, le conducteur gara sa voiture devant un centre commercial et les pensées de la jeune fille prirent une tout autre voie. Le magasin où elle s'était réfugiée avec sa mère s'imposa à son esprit. Puis, l'image d'Angéla ployant les genoux sous l'impact de la flèche empoisonnée surgit. Elle revit ses beaux yeux la fixer pendant que la vie s'échappait de son corps. Stella se mit à trembler. Elle serait incapable d'entrer dans le centre commercial. Victoria remarqua son trouble et lui agrippa la main pour l'encourager.

« Je ne veux pas y aller... Pas moi... pas moi... pas moi ! » pria Stella.

L'homme assis devant elle abaissa son pare-soleil et tassa la languette qui recouvrait le miroir. Il observa le reflet de Stella. Elle ne put s'empêcher de le fixer, les yeux remplis de larmes. Elle reçut immédiatement une vague de calme et de compassion. L'éternel se tourna vers les filles et donna une enveloppe à Victoria. Celle-ci l'ouvrit, lut le message et sortit du véhicule.

Stella hésita, puis osa demander :

– Pouvez-vous me dire si mon épreuve se tiendra dans ce centre commercial ?

– Personne n'est évalué au même endroit qu'un autre apprenti, lui répondit-il.

Stella sentit la boule dans sa gorge diminuer légèrement. Elle observa la porte du magasin en tentant de calmer les battements de son cœur. Sa mère lui manquait tellement ! Dans le tourbillon de ses études et de ses activités, il lui arrivait de l'oublier. Cette constatation l'attrista beaucoup. Elle ne voulait pas que ses souvenirs s'effacent. Jusqu'à un certain point, elle ne souhaitait pas avoir moins mal. Les larmes menaçant de nouveau d'apparaître, elle ouvrit son sac et prit son calepin. Pour se changer les idées, elle nota tous les conseils que le professeur leur avait donnés pour mener à bien une mission.

Trente minutes plus tard, Victoria revint. Elle s'assit et remit un paquet à l'homme occupant le siège du passager. La voiture redémarra et roula une dizaine de minutes. Au tournant d'une rue, Stella vit se profiler l'hôpital Sainte-Croix. Ils passèrent la guérite et dénichèrent une place de stationnement. L'éternel devant elle lui remit une enveloppe. La jeune fille la décacheta.

Tu dois :

1) entrer dans l'hôpital ;

2) découvrir le numéro de la chambre où se trouve madame Linda Lalonde ;

3) aller porter la requête incluse dans cette enveloppe en radiologie ;

4) prendre en note le nom de la personne qui t'y accueillera.

Tu as trente minutes à partir du moment où tu sortiras de la voiture.

Stella lut trois fois les instructions afin de bien les mémoriser. Puis, elle glissa le papier de la requête dans son sac et s'élança dans le hall de l'édifice. Elle se sentait confiante. Première étape : trouver la chambre de madame Lalonde. Alors qu'elle s'avançait vers le bureau d'information, elle remarqua un téléphone public. L'adolescente changea aussitôt sa trajectoire.

Elle savait que, pour ne pas attirer l'attention, elle devait entrer en contact avec le moins de monde possible. Prenant le combiné, la jeune fille déposa des sous dans la fente et composa le numéro de l'hôpital.

Elle nota avec soin l'étage et le numéro de chambre que la téléphoniste lui donna. Ses deux premiers objectifs étaient atteints. Stella se dirigea ensuite lentement vers le troisième étage. Elle choisit de prendre l'escalier plutôt que l'ascenseur, afin de ne pas se retrouver trop longtemps immobile devant les portes.

« Rester en mouvement, se répétait-elle. Ne jamais courir. Baisser la tête, mais pas trop. Savoir où je vais. Repérer les toilettes pour pouvoir m'y engouffrer en cas de difficulté. »

Pendant qu'elle montait les marches, Stella commença à se sentir étourdie. Elle secoua la tête pour chasser cette sensation. Lorsqu'elle arriva au troisième étage, elle rejoignit le bureau d'accueil de la radiologie. Il y avait une seule personne devant elle.

« Parfait ! pensa-t-elle. Il me reste encore vingt-deux minutes. »

Un homme dans la salle d'attente à sa droite parlait très fort. Il était visiblement en colère et prenait les autres patients à témoin. La jeune fille l'observa du coin de l'œil.

– Pas moyen d'avoir du service ici ! s'époumonait-il. Voir si ç'a du bon sens d'faire attendre le monde de même ! C'est nous autres qui payons pour ce service-là ! Tu parles d'un système !

Les gens autour semblaient exaspérés et la femme à côté de lui rentrait la tête dans ses épaules. Stella reçut sa détresse en plein cœur. Cette femme avait peur ! Vraiment peur ! L'adolescente se souvint de l'exercice avec les chiens. Elle se concentra et envoya directement sur l'homme la plus grande vague de calme qu'elle fut capable de produire.

Trois choses se passèrent ensuite simultanément. L'homme se tut et s'assit. Le bébé qui pleurait dans les bras de sa mère devant Stella retrouva son calme et la regarda avec de grands yeux rieurs tandis que la femme s'éloignait vers un siège. L'infirmière tendit la main pour attraper sa requête avec un soupir soulagé, en observant la salle d'attente soudain très calme. Stella s'empressa de lire son nom épinglé sur son vêtement et de le noter mentalement tout en lui remettant la feuille. Puis, elle tourna les talons et quitta l'endroit avant que l'employée ne ramène son attention sur elle.

L'adolescente reprit l'escalier. Elle se sentait subitement épuisée. Une foule d'émotions l'assaillirent : le doute, la peur, la souffrance, la joie, l'embarras, la tristesse.. Son cœur accéléra ses battements, ses mains devinrent moites, de la sueur perla sur ses tempes et ses jambes ramollirent.

« Je dois sortir d'ici ! » paniqua-t-elle.

Elle se retint à la rampe pendant que son regard se voilait. Elle ne devait pas s'évanouir. Il était hors de question qu'elle rate l'épreuve. Sa main gauche agrippa le pendentif de sa mère à travers son chandail.

« Aide-moi, maman ! »

Une marche après l'autre, elle parvint enfin au rez-de-chaussée.

« Un dernier effort ! s'exhorta-t-elle. Je ne dois pas attirer l'attention. »

Une fois à l'extérieur, elle tenta d'avancer le plus droit possible jusqu'à l'auto. L'éternel assis sur le siège du passager se précipita hors du véhicule dès qu'il la vit et fit trois pas dans sa direction, comme s'il voulait l'aider. Il sembla toutefois se raviser et lui ouvrit plutôt simplement la portière. Stella atteignit la voiture, s'y engouffra et se laissa choir sur la banquette.

– Ishhhh ! lança Victoria. Soit tu as vu un fantôme, soit tu nous rapportes la gastro ! Tu es blanche comme un drap !

Sur ces dernières paroles, Stella sombra dans l'inconscience. Elle revint à elle lorsque Victoria lui secoua vigoureusement l'épaule.

– Voilà, dit l'adolescente, je l'ai réveillée.

Stella ouvrit les yeux. La noirceur était tombée. La jeune fille reconnut la sortie du pont-tunnel Louis-Hippolyte-La Fontaine. Ils arriveraient à l'Académie dans environ vingt minutes.

– Te sens-tu mieux ? demanda le conducteur.

– Je crois. J'ignore ce qui s'est passé.

Les deux adultes rirent.

– Il s'est passé que tu as assommé l'assistance d'une salle d'attente au complet avec une vague de paix et d'harmonie, lui expliqua l'autre homme. Il est étonnant qu'à ton âge tu aies réussi à sortir de là sur tes deux pieds... Dans un hôpital, en plus!

– Qu'est-ce que ça veut dire: « dans un hôpital en plus »? le questionna Victoria, intéressée.

– Nous sommes très sensibles à la misère humaine. L'hôpital est un endroit où il nous est difficile d'évoluer pendant les premières années de notre vie angélique. Après une telle dépense d'énergie, Stella aurait dû s'évanouir sur-le-champ.

– Oui, mais alors j'aurais raté mon évaluation, répondit la jeune fille.

– Vu comme ça, lui concéda le conducteur d'un ton amusé.

– Te sens-tu prête pour l'examen de vol? demanda Emmanuelle à Stella pendant qu'étendues à plat ventre sur le lit de celle-ci, elles étudiaient l'histoire de la contribution des éternels au développement de la Nouvelle-France.

– Je pense, mais je trouve qu'on a vraiment beaucoup d'examens en très peu de temps.

On aurait dit en effet que tous les enseignants s'étaient consultés pour les évaluer dans la même semaine. L'examen de vol serait le dernier.

– Ça signifie que notre première expérience s'en vient, annonça Emmanuelle.

– J'ai hâte de savoir en quoi consistera notre mission...

Cette grande question, tous les apprentis se la posaient. Où allait-on les envoyer pour leur stage en milieu humain ? Dans ses cours d'initiation au monde angélique, Stella avait appris qu'à la suite de leur première année d'apprentissage en commun, les anges poursuivaient leur formation de façon individuelle avec un mentor. Ainsi, les élèves développaient au mieux leurs capacités. Ils testaient différents métiers pendant quelques années. Puis, chacun d'eux pouvait se perfectionner dans son domaine de prédilection.

– Moi, je me demande surtout avec qui on me jumellera. J'aimerais bien madame Matsuo. Je la trouve douce et gentille. Elle a beaucoup de connaissances et elle sait les transmettre.

– C'est vrai, approuva Stella. Elle a fait preuve d'une réelle bonté avec moi lorsque j'ai eu mes ailes. Mais, si on me donnait le choix, je pense que j'opterais pour monsieur Ledoux. Au début, je voyais juste son âge avancé. Maintenant, je sais qu'il a du courage et de grands dons angéliques. Je me sentirais en sécurité avec lui. Je crois qu'il pourrait m'apprendre beaucoup.

– Monsieur Menzies est peut-être plus vieux que lui et on ne croirait jamais qu'il manque de force ou de courage.

– Tu as raison. C'est mélangeant de ne pas pouvoir se fier à l'apparence d'un éternel pour déterminer son âge, hein ?

– Oh oui ! Mais à mon avis, il s'agit d'une bonne chose, dit Emmanuelle après un moment de réflexion. Ça nous oblige à voir vraiment la personne et pas juste son apparence. Ce serait bien que les humains vivent cela aussi.

– Quoi ? Découvrir que les couleurs de peau et l'âge n'ont plus aucune importance ? Y en a qui s'en réjouiraient !

– Et d'autres qui, privés de leur raison de haïr, ne sauraient plus quoi faire de leurs journées.

Les deux filles se regardèrent.

– On serait en vacances! dirent-elles en chœur avant d'éclater de rire.

Assise avec ses trois amis dans une camionnette, Stella, heureuse, regardait par la fenêtre. Tous ses examens s'étaient bien passés, y compris l'évaluation-surprise à l'hôpital. Personne ne l'avait reconnue lorsque les éternels étaient allés interroger les gens.

L'adolescente avait aussi réussi haut la main le test de vol et de dissimulation pendant que deux humains, amis des éternels, la cherchaient des yeux dans le hangar d'avions.

Maintenant, elle pouvait se détendre. La fourgonnette dans laquelle ils étaient installés se dirigeait vers une maison de campagne où ils resteraient deux nuits. Le cadeau promis par monsieur Menzies allait devenir réalité. Elle allait pouvoir voler au grand air.

Dans deux camionnettes supplémentaires, monsieur Ledoux, monsieur Ansari et huit autres élèves les accompagnaient. Seul un apprenti n'avait pas réussi à maîtriser la technique assez bien pour participer à l'activité. La forêt défilait depuis déjà une bonne heure lorsque les anges parvinrent à un chemin de terre. Des panneaux annonçaient une propriété privée. Au bout de l'allée, Stella vit apparaître un immense chalet de luxe de deux étages en bois rond ainsi qu'un lac d'un bleu profond.

– Terminus ! annonça le conducteur. C'est ici que nous nous arrêtons. Voici le pavillon Apika.

– Wow ! s'exclama Raphaël.

– C'est magnifique ! renchérit Victoria.

– Cet endroit ressemble beaucoup à un des tableaux que ma mère avait dans sa chambre, murmura Stella à Emmanuelle.

Ils descendirent et allèrent explorer leur logis. Lorsqu'ils arrivèrent dans l'immense salon, Stella s'arrêta net. Devant elle, le portrait d'Angéla en costume d'époque trônait au milieu du mur.

– Cette femme te ressemble beaucoup, dit Emmanuelle en s'approchant de son amie. Est-ce que ?... Est-ce que c'est ta mère ?

Stella hocha la tête en retenant ses larmes avec difficulté.

– Pourquoi son portrait est-il accroché ici ? s'informa Victoria.

– Je l'ignore...

Raphaël montra une petite plaque à côté du cadre.

– Regardez. *Angéla Séguin,* lut-il, *ange guerrier, cofondatrice de l'Académie de l'Envolée et donatrice des terres sur lesquelles fut construit ce manoir.*

– Wow ! lança Victoria en se tournant vers Stella. Savais-tu ça ?

– Non. Ma mère n'a pas eu le temps de me parler du monde angélique.

Sans doute pour lui donner une chance de se remettre de ses émotions, les trois amis entraînèrent Stella à l'étage. Là, la jeune fille découvrit qu'elle partageait sa chambre avec Emmanuelle. Elle ouvrit la fenêtre de la pièce et prit une grande inspiration. Malgré sa peine ravivée, la jeune fille s'avoua qu'elle aimait beaucoup revenir à la campagne ! En plus, le paysage qu'elle voyait avait déjà appartenu à sa mère. Cela la rendait plus présente et adoucissait la peine de l'adolescente.

Après le souper, tout le groupe d'apprentis ainsi que les professeurs allèrent marcher longuement et firent un feu sur le bord du lac.

Ce n'est que le lendemain qu'ils grimpèrent sur le toit du manoir afin de pouvoir s'élancer dans les airs plus facilement. Ils apportaient six médaillons d'ailes, qu'ils allaient s'échanger. Les enseignants avaient décrété que chaque apprenti disposerait de trois périodes de vingt minutes.

Lorsque ce fut son tour, Stella sauta dans le vide et battit des ailes de toutes ses forces pour monter tranquillement vers le ciel. Voler dehors représentait un défi très différent de s'exercer dans le hangar d'avions. La pression de l'air, la chaleur de cette journée de juillet et le vent ne constituaient que trois des éléments auxquels elle devait s'habituer.

Son cœur s'allégea au fur et à mesure de son ascension. Concentrée sur l'immense effort qu'elle fournissait, tout devint secondaire : les émotions, les doutes, les inquiétudes, les rêves. Tout ce qui était humain. Il ne restait qu'elle. Elle... dans le ciel bleu. Sa peau changea de texture pour s'adapter à l'air froid. Jamais elle n'aurait cru une telle chose possible. Lorsque la composition de l'air se modifia, elle le sentit et regarda en bas.

Ses compagnons se réduisaient à de petites taches. Stella leva la tête et tourna sur elle-même. Son regard portait jusqu'au village voisin. Elle avait déjà voyagé en avion et admiré le sol du haut des airs, mais par un minuscule hublot seulement. Ce n'était absolument pas comparable à ce qu'elle voyait maintenant. Combien de temps pouvait-elle voler ? Sûrement pas très longtemps. Elle sentait ses forces diminuer à toute vitesse.

Soudain, le message de sa mère prit tout son sens.

Vole, ma Plume. Déploie tes ailes. Le monde est beau et ton avenir est devant.

Elle refit un tour sur elle-même, mais cette fois très lentement. Et elle l'aperçut. La première lettre du prénom de sa mère. Un A de pins matures au milieu des feuillus dans la forêt, à l'ouest du manoir. Impossible de remarquer l'agencement autrement que du haut des airs. Ces terres avaient appartenu à Angéla. Stella était persuadée d'avoir trouvé ! Sa mère avait dû planter ces arbres des décennies auparavant. Incroyable ! Après des mois de recherches et de questionnement, l'adolescente avait enfin une réponse plausible. Elle tenta d'estimer l'endroit où l'une des pattes du A s'approchait le plus de l'orée de la forêt. Puis, elle redescendit.

Lorsqu'elle se posa, le sourire qui illuminait ses traits la transfigurait, elle ne doutait pas une seconde. Elle enleva son médaillon et le tendit à Emmanuelle pour qu'elle puisse voler à son tour. Puis, elle attendit impatiemment le retour de son amie. Dès que celle-ci revint et que six autres élèves furent dans les airs, les deux filles s'assirent un peu à l'écart sur le toit brûlant et Stella lui confia qu'elle avait enfin découvert la signification du message de sa mère.

– Tu n'es pas sérieuse ! s'exclama son amie. C'est super ! On dirait une chasse au trésor !

Stella approuva d'un hochement de tête et lui expliqua ce qu'elle avait aperçu.

– Est-ce que je peux t'accompagner ? Je suis très observatrice, tu sais.

– Bien sûr, accepta l'adolescente. Ma mère m'a écrit qu'elle me laissait deux épreuves, et trouver ce qui se cache dans le A ne représente que la première. Peut-être qu'une déception nous attend.

– Aucun risque. C'est hyper excitant !

Stella approuva et les deux filles dressèrent la liste de tout ce dont elles estimaient avoir besoin pour leur expédition.

– On ne peut pas partir comme ça dans la forêt sans en parler à un adulte, finit par faire remarquer Emmanuelle.

– Je pourrais demander à monsieur Ledoux de venir avec nous.

– Bonne idée! Est-ce que tu voudrais aussi le proposer à Victoria et à Raphaël?

– Oui. Plus on sera nombreux, plus on aura de chances de dénicher ce que ma mère m'a laissé. De toute façon, ajouta Stella en riant, même s'ils sont des anges, je pense qu'ils m'en voudraient à mort si je ne les invitais pas!

CHAPITRE 14

RECHERCHE

Dès qu'Emmanuelle et Stella rentrèrent au manoir, celle-ci annonça à son professeur et à ses deux autres amis qu'elle avait compris le message de sa mère et qu'elle avait besoin de se rendre dans la forêt. Elle décida de ne pas leur parler du A ; qu'Emma soit au courant était déjà risqué. Elle se rappelait bien que monsieur Ledoux lui-même l'avait exhortée à se montrer extrêmement prudente et à en dévoiler le moins possible sur l'héritage de sa mère, et ce, tant qu'ils n'en sauraient pas plus sur cette histoire de contrôleur. Stella était contente d'avoir trouvé un adulte pour l'aider et elle souhaitait lui montrer qu'il pouvait avoir foi en elle.

« Je ne dirai plus rien, même pas à lui. Il va voir que je suis digne de confiance. »

– Bien ! dit l'enseignant. Les camionnettes passeront nous prendre à dix heures, demain matin, pour retourner en ville. Je suggère donc qu'on se retrouve au bout du jardin à cinq heures, afin d'être certains de disposer de suffisamment de temps avant notre départ, et surtout pour éviter d'attirer l'attention.

Le lendemain matin, à quatre heures quarante-cinq, Emmanuelle et Stella sortirent dehors sans faire de bruit pour ne pas réveiller les autres élèves. Elles portaient un gros chandail, des bottes de pluie et un sac à dos dans lequel chacune avait rangé une corde, deux bouteilles d'eau et une petite pelle à manche rétractable, récupérée dans une des remises du jardinier.

– Tu ne veux pas mettre ta lampe de poche dans ton sac plutôt que de la laisser pendre ainsi à ta ceinture ? chuchota Emmanuelle dès qu'elles passèrent la porte.

– Non, répondit Stella en empoignant l'instrument pour éclairer leur chemin. J'ai fait de nombreuses excursions avec ma mère et elle m'a appris qu'il était plus prudent de l'avoir toujours à portée de main. En plus, si je perds mon sac, il me restera au moins ma lampe.

Monsieur Ledoux, Victoria et Raphaël les attendaient déjà au point de rendez-vous. Stella s'empressa de les mettre au courant des conclusions qu'elle avait tirées la veille en voyant le grand A au milieu des feuillus. Ils s'enfoncèrent dans les bois sans tarder davantage. En parcourant un sentier, Stella observait attentivement les arbres aussi loin que son regard et la densité de la forêt le lui permettaient. Il leur fallut plus de trente minutes pour apercevoir au sol les aiguilles brunes caractéristiques de la présence de pins.

Stella avança respectueusement au milieu des grands arbres. Les aiguilles au sol absorbaient chacun de ses pas, de sorte qu'elle avait l'impression de marcher sur un épais tapis moelleux.

« C'est comme si maman avait voulu que ce soit confortable ici », songea-t-elle, rassurée.

– Alors, que faisons-nous maintenant ? demanda Emmanuelle.

– Je pense que, si on ouvre les yeux et suit le tracé du A de pins, répondit monsieur Ledoux, un nouvel indice devrait nous apparaître.

Ils marchèrent jusqu'à un croisement.

– Ce doit être la barre du A, supposa Stella. À mon avis, on ferait bien de continuer tout droit. Il me semble que le sommet de la lettre est un bon endroit pour cacher quelque chose.

Une demi-heure plus tard, ils étaient parvenus à destination. Il n'y avait plus de sentier depuis longtemps, mais le tapis d'aiguilles leur avait permis d'avancer facilement. Ils estimaient avoir parcouru au moins trois kilomètres. Stella se sentait plus fébrile que jamais. Qu'avait caché sa mère ? La jeune fille regardait partout, au sol, dans les airs, sur les troncs. Au bout de quelques minutes de recherche, elle dut en arriver à la seule conclusion possible.

– Je crois que ce n'est pas ici !

– Ne t'inquiète pas, l'encouragea Victoria. Nous trouverons !

– Peut-être aurait-il fallu venir en volant, émit Raphaël. Après tout, c'est comme ça que tu as trouvé ton indice.

Stella eut l'impression qu'on venait de l'assommer. Elle n'avait pas réfléchi à ça. Monsieur Ledoux réagit immédiatement à cette hypothèse.

– C'est exactement ce que j'étais en train de me dire. Heureusement, j'ai pris un médaillon d'ailes avant de partir, au cas où on en aurait besoin. Comme vous n'avez pas encore appris à vous envoler en terrain couvert, je suggère que vous continuiez à pied et moi, je chercherai à partir d'en haut. Si je découvre une piste, je viendrai vous avertir.

– Et si c'est nous qui trouvons? demanda Victoria. On ne peut pas vous appeler sur votre cellulaire. Il n'y a pas de réseau ici.

– Je vais effectuer de fréquents allers-retours. Raphaël, lorsque tu me verras, tu m'enverras la main si vous n'avez rien déniché. Victoria, Emmanuelle et Stella, vous ferez la même chose seulement si vous avez repéré quelque chose, OK?

– D'accord, répondirent-ils en chœur.

Leur enseignant s'envola et les quatre amis reprirent leur marche sur l'autre versant du A. Lorsque de nouveau ils parvinrent à l'intersection de la barre transversale, monsieur Ledoux passa au-dessus d'eux. Raphaël agita son bras au-dessus de sa tête.

– Allons explorer la barre du A, suggéra Stella.

Après une dizaine de minutes, Emmanuelle désigna un arbuste dressé entre deux pins et s'exclama :

– Stella ! Sais-tu comment cette plante s'appelle ?

Sans attendre de réponse, elle poursuivit.

– C'est une angélique du Japon. Il y en avait une chez mes grands-parents.

« Une angélique ! se répéta Stella. Avec un nom comme ça, il s'agit forcément d'un nouvel indice ! »

Les quatre amis avaient parcouru presque tout le A et ils n'avaient trouvé que cette piste potentielle. Il n'était pas question de repartir les mains vides. Ils inspectèrent le tronc à plusieurs reprises, mais ne distinguèrent rien de particulier.

– Cet arbuste est seul au milieu de tous ces pins, commenta Raphaël d'un ton convaincu. C'est sûr que c'est ce qu'on cherche. On devrait creuser un peu autour des racines pour voir si quelque chose ne se cacherait pas dans le sol.

Sans discuter, Emmanuelle sortit sa pelle de son sac en même temps que Stella. Elles commencèrent à creuser, tandis que leurs deux amis faisaient le guet au cas où monsieur Ledoux reviendrait. Ils se succédèrent à tour de rôle, agrandissant la petite tranchée jusqu'à ce qu'un coup donné par Raphaël percute quelque chose de dur. Un sourire éclaira son visage. Ils s'employèrent à dégager l'objet rectangulaire, qui s'avéra être un petit coffre glissé dans une pochette de tissu.

Stella s'assit par terre et le posa sur ses genoux. Elle enleva l'enveloppe et passa sa main à plusieurs reprises sur le couvercle. La dernière personne qui y avait touché était sa mère. L'adolescente vit l'image d'une plume sur la serrure. Elle détacha la chaîne qui pendait à son cou et prit le médaillon entre ses doigts pour l'appuyer sur la petite plaque métallique. Le coffret s'ouvrit sans difficulté.

À l'intérieur, sur un fond de velours, l'attendaient une nouvelle lettre et une clé. Stella lut à voix haute :

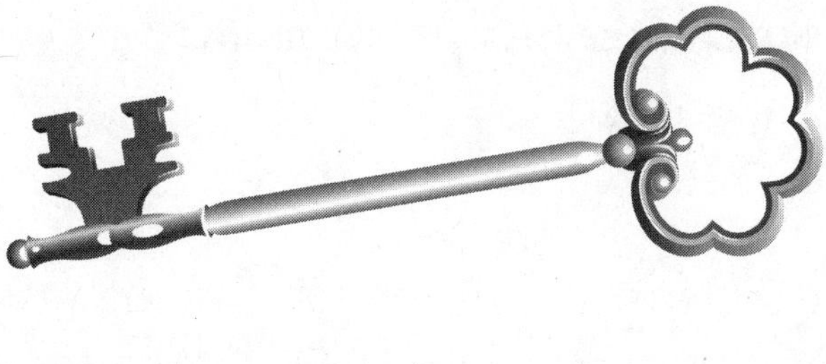

Ma très chère fille,

Je te félicite ! Tu as trouvé ma cachette ! Je savais que tu en étais capable. Tout comme j'ai confiance que tu découvriras la solution à l'énigme inscrite sur le deuxième feuillet. Identifie mon travail et tu localiseras ton héritage. Va à cet endroit. Descends au sous-sol. Repère le lieu où nous sommes allées lors de nos trois dernières vacances et tape les coordonnées en latitude et en longitude de tante Charlotte.

Ne te trompe pas d'endroit ou un nouveau protocole de sécurité sera activé ! Si cela devait arriver, tu recevrais de nouveaux indices en mains propres dans quelques années.

Bonne chance, ma petite plume !

Je t'aime

Maman xxx

P.-S. : Lis la lumière !

– *Lis la lumière!* répéta Victoria. Qu'est-ce que ça peut bien vouloir dire?

– Regarde, lui répondit Stella.

Elle attrapa sa lampe de poche, l'actionna et fit passer le faisceau sous le message. Des lettres percées d'un trou minuscule apparurent. C'était un vieux truc que lui avait montré sa mère. La jeune fille déchiffra les phrases dans sa tête.

Sois prudente. Travaille seule. Code tulipe noire.

– Wow! J'adore cette astuce! s'enthousiasma Raphaël. C'est pour quoi, le code?

– Aucune idée, avoua Stella. Probablement que je le saurai une fois sur place.

– *Tulipe noire*... C'est quand même un drôle de mot de passe, commenta Victoria.

Emmanuelle prit la parole:

– Selon la symbolique qu'on attribue aux couleurs des tulipes, ça signifie un amour tellement fort qu'on sacrifierait tout pour l'autre.

– Wow! s'écria encore Raphaël pendant qu'une boule d'émotions se formait dans la gorge de Stella. Et que penses-tu que « travaille seule » implique ?

Stella associa immédiatement ces mots aux soupçons que sa mère entretenait quant à la possibilité qu'un éternel porte un contrôleur.

– Ça me semble évident, non ? la devança Victoria, lui évitant de mentir. À partir de maintenant, Stella ne doit plus faire confiance à personne.

– Excepté à nous ! lança Raphaël.

– Naturellement ! s'exclama la blonde.

Stella allait ouvrir la bouche lorsque monsieur Ledoux apparut.

– Vous êtes si occupés que vous ne m'avez pas vu, leur fit-il remarquer avec un petit ton accusateur. Avez-vous trouvé quelque chose ?

– Oui, répondit Stella, enthousiaste. Ma mère m'a laissé un message et une énigme.

Elle lui lut le message, mais sans mentionner le post-scriptum. Ses amis gardèrent le silence.

– Bien, approuva l'enseignant. Et l'énigme ?

– Je ne l'ai pas encore regardée.

Stella prit la feuille. Elle possédait une texture particulière, un peu comme si elle était en plastique. Dessus, il n'y avait que deux phrases.

Place un de tes cheveux sur la ligne.

Maintiens-le fermement par les deux bouts et pose ton pouce sur le carré.

Stella arracha un de ses longs cheveux bruns et le plaça à l'endroit indiqué. Elle appuya ensuite son pouce sur la case et la feuille s'illumina. Elle attendit encore quelques secondes et l'énigme apparut.

– J'adore ta mère ! commenta Raphaël, ébahi devant cette technologie.

Place un de tes cheveux sur la ligne.

Maintiens-le fermement par les deux bouts et pose ton pouce sur le carré.

Il y a cinq anges. Chacun a un nom, un âge, une couleur d'aura et une qualité. Chacun travaille aussi à un endroit en particulier.

La Blanchisserie Royale est le premier commerce.

La personne serviable est employée par le salon funéraire L'Autre vie.

La personne bienveillante se trouve à gauche de la personne clémente.

La personne engagée par le dépanneur Mon calme a quatre-vingt-quatre ans.

La personne avec l'aura jaune travaille à côté de l'ange qui s'appelle William.

La personne qui est généreuse possède une aura rose.

La librairie Alpha abrite la personne ayant une aura bleue.

La personne employée par le commerce du milieu a trois cent six ans.

La personne avec une aura jaune a un voisin âgé de cinquante ans.

L'ange qui possède une aura verte se nomme Gabriel.

Le salon de coiffure Intemporel abrite Anna.

La Blanchisserie Royale est à côté de la personne accueillante.

Léonard travaille à côté de la personne généreuse.

La personne à l'aura mauve a deux cent quatre-vingts ans.

La personne bienveillante est âgée de quatre cent trente ans.

– Assoyons-nous, proposa monsieur Ledoux, et déchiffrons les indices.

– Je pense que je préférerais essayer seule pour commencer, marmonna Stella en espérant ne pas vexer son enseignant.

– Bien sûr! s'empressa de répondre Victoria avec beaucoup d'emphase. C'est normal! Il s'agit du dernier message que ta mère t'a laissé! On comprend tous! Si tu as besoin d'aide, on sera là!

– Ne tarde pas trop, la prévint son professeur, qui semblait contrarié. J'ai déjà goûté aux énigmes d'Angéla et ça peut prendre du temps, les déchiffrer.

– Je vous promets que, si je n'ai pas réussi demain midi, je vous contacterai tous, affirma Stella.

– Dans ce cas, rentrons au manoir, ordonna monsieur Ledoux.

Stella plaça la boîte dans son sac à dos et le message dans la poche de son jean pendant que son enseignant ouvrait la voie. Lorsqu'ils parvinrent à destination, il était déjà neuf heures.

Une fois bien installée dans la camionnette sur le chemin du retour, Stella prit un calepin, un crayon, ainsi que l'énigme de sa mère. La feuille s'était éteinte. Elle dut s'arracher un autre cheveu pour pouvoir lire les indices. Ensuite, elle traça un tableau et y plaça les informations dont elle était certaine.

Commerce	La blanchis-serie Royale				
Qualité		Accueillante			
Âge			306 ans		
Nom					
Couleur d'aura					

Il y en avait très peu. Elle essaya la technique d'essais-erreurs en disposant les éléments un peu au hasard, mais, après huit tentatives et cinq cheveux en moins, elle dut convenir que ça ne fonctionnait pas.

L'adolescente décida de procéder autrement. Elle glissa dans chaque colonne toutes les combinaisons.

Puis, elle élimina au fur et à mesure celles qui étaient impossibles. Elle crut être parvenue à un meilleur résultat, mais dut reconnaître son échec quand elle se rendit compte que ses dernières possibilités se contredisaient.

« Je l'ai presque ! » s'encouragea-t-elle.

Elle arracha la feuille et redessina un tableau en jetant un coup d'œil par la fenêtre. Ils seraient à l'Académie dans moins de dix minutes.

– Zut !

Elle rangea son matériel dans son sac et secoua la tête pour répondre à la question muette d'Emmanuelle. Elle dut patienter jusqu'après le souper pour reprendre l'énigme dans la tranquillité de sa chambre. Au bout de quatre autres essais, elle arriva à une seule réponse : aucun prénom ne correspondait à la librairie Alpha. C'était donc là qu'il fallait placer Angéla. La mise en garde de sa mère concernant le fait qu'elle ne devait absolument pas se tromper d'endroit l'énervait toutefois.

« L'âge de maman dans cette énigme ne correspond pas à la réalité ! » constata-t-elle.

Elle analysa chacune des phrases. En fait, aucun âge ne convenait à sa mère. Cela la rassura un peu.

« C'est probablement juste pour éviter que quelqu'un trouve la réponse en lisant simplement les indices », estima-t-elle.

Elle relut les énoncés les uns après les autres, en s'assurant que toutes les réponses concordaient.

Commerces	La blanchisserie Royale	Le dépanneur Mon calme	Le salon funéraire L'Autre vie	La librairie Alpha	Le salon de coiffure Intemporel
Qualités	Généreuse	Accueillante	Serviable	Bienveillante	Clémente
Âges	50	84	306	430	280
Noms	William	Léonard	Gabriel	Angéla	Anna
Couleurs d'aura	Rose	Jaune	Verte	Bleue	Mauve

Stella prit sa tablette angélique et fit une recherche sur la librairie Alpha. Elle nota l'adresse exacte. Ensuite, elle chercha les coordonnées de l'amie de sa mère qu'elle avait toujours appelée tante Charlotte. Celle-ci l'avait gardée enfant et était restée très proche d'elles au cours des années. Il s'agissait d'une autre personne dont Stella devait faire le deuil, car il lui serait impossible d'expliquer le fait qu'elle ne vieillissait plus.

« Voilà ! J'ai tout ! fut persuadée l'adolescente. Bon. Maintenant ? Est-ce que j'appelle Emmanuelle ou monsieur Ledoux ? »

Sa mère lui avait écrit de se montrer prudente et de travailler seule.

« Donc, il ne faut pas que je fasse appel à un éternel », en déduisit-elle.

Elle sourit en comprenant qu'en fait, c'était ce qu'elle souhaitait : découvrir seule ce que lui avait laissé sa mère. Ça représentait son héritage. Son dernier souvenir. Toutefois, faire preuve de prudence impliquait aussi de ne pas mettre sa vie en danger. Et aller se promener seule dans Montréal à cette heure pouvait se révéler dangereux. La jeune fille en vint à la même conclusion que ses amis dans la forêt.

« En tant qu'apprentis, ce conseil ne les concerne pas. Je suis certaine que maman accepterait que je leur demande de m'accompagner. »

Elle tapa rapidement quelques phrases sur sa tablette.

VENEZ ME REJOINDRE À LA BIBLIOTHÈQUE DANS QUINZE MINUTES. APPORTEZ LE NÉCESSAIRE POUR UNE EXPÉDITION SECRÈTE DANS LA VILLE. NE PARLEZ DE CELA À PERSONNE.

CHAPITRE 15

HÉRITAGE

Après avoir envoyé son message à ses trois amis, Stella mit son sac en bandoulière et prit un peu d'argent ainsi qu'une lampe de poche. Afin d'être le plus discrète possible, elle emprunta l'escalier pour se rendre à la bibliothèque.

Dès que ses complices furent arrivés, elle leur expliqua son plan en chuchotant.

– J'ai déchiffré le message de ma mère. Je dois me rendre dans une boutique, dans le Vieux-Port. J'ai un peu peur d'y aller seule et je voulais savoir si vous pouviez m'accompagner.

– Bien sûr! répondit l'intrépide Raphaël. En fait, on craignait que tu ne nous le demandes pas.

Emma et Victoria approuvèrent de la tête.

– C'est parti, lança celle-ci.

Ils convinrent de se séparer pour sortir du gratte-ciel. Stella passa par le souterrain qui conduisait à l'édifice voisin. Après s'être rassemblés dans la rue, ils se rendirent à la station de métro la plus proche. Stella se sentait quand même un peu coupable de s'en aller sans avoir prévenu un adulte. Elle avait l'impression qu'on l'observait.

« C'est ridicule! Il faut que je me calme si je veux éviter qu'un éternel me repère en raison d'un surplus d'émotions négatives. Je n'ai rien à me reprocher, tenta-t-elle de se convaincre. Maman m'a laissé ce message. Elle était un ange guerrier. Elle devait savoir ce qu'elle faisait et elle voulait que j'aille là-bas. »

Malgré ses pensées positives, la jeune fille ne pouvait s'empêcher de regarder souvent derrière elle.

« Ça va me faire un bon exercice pour mon cours d'infiltration », s'encouragea l'adolescente en réprimant un frisson.

Ils atteignirent sans encombre la petite librairie. Celle-ci était située dans une rue étroite avec plusieurs autres boutiques aux devantures colorées et engageantes, comme dans les films. Exactement le genre d'endroit où il devait être agréable de magasiner et d'acheter ses cadeaux de Noël. Pour l'instant, les commerces étaient tous plongés dans le noir, l'heure de fermeture étant passée depuis un bon moment.

– Vous n'avez pas l'impression que quelque chose ne va pas? chuchota Emmanuelle. C'est comme si je recevais de mauvaises vibrations.

– On appelle ça la culpabilité d'être sortie sans demander la permission, ironisa Raphaël.

– Pensez-vous quand même que quelqu'un devrait faire le guet devant la librairie? demanda Stella.

– Bon, voilà... vous avez réussi à me faire peur! avoua Victoria. Moi aussi, j'ai l'impression qu'on nous regarde maintenant. Je ne resterai certainement pas ici toute seule!

– Je vais assurer la surveillance avec Emmanuelle, décida Raphaël. Vous, vous allez entrer dans la librairie et faire le plus vite possible. On garde le contact avec nos cellulaires.

Stella acquiesça, soulagée d'avoir amené ses amis. Elle se rendit à la porte et la déverrouilla avec la clé qu'elle avait trouvée dans le coffret de la forêt. Aussitôt qu'elle entra, le tintement d'une alarme de sécurité résonna et fit sursauter les deux filles.

– C'était peut-être pour ça, la *tulipe noire*, suggéra Victoria.

Stella trouva le panneau de contrôle et appuya sur les chiffres correspondant aux lettres du mot de passe sur le clavier. À son grand soulagement, l'alarme fut désactivée.

– Il faut trouver un escalier, indiqua-t-elle. Je dois descendre.

– Il est probablement situé dans l'arrière-boutique, supposa Victoria en montrant du doigt un grand rideau vert au fond du magasin.

Les deux adolescentes contournèrent les étagères de livres ainsi que le comptoir d'information et passèrent dans l'autre pièce. Au fond, des marches descendaient vers le sous-sol.

– Je pense qu'il vaudrait mieux que j'y aille seule, murmura Stella, un peu mal à l'aise de demander à son amie de rester derrière.

– Tu as raison, la déculpabilisa Victoria. J'ai fait des farces l'autre jour, dans la forêt, en disant que l'avertissement de ta mère ne nous concernait pas. La réalité est qu'elle t'a écrit de travailler seule. Je crois que tu fais bien de respecter ça. Je vais t'attendre du côté de la librairie et en profiter pour appeler Raphaël et Emmanuelle afin de les rassurer. Si tu as besoin de moi, crie !

Stella approuva de la tête et, sa lampe de poche bien en main, s'engagea dans l'escalier. Elle déboucha dans le sous-sol le plus étrange qu'elle avait jamais vu. Il s'agissait d'une toute petite pièce de deux mètres sur deux mètres. Elle devait à peine faire le cinquantième de la superficie du commerce. Sur les murs, des cadres vitrés de la grosseur d'une main affichaient des photos de différentes parties du monde. Il devait y en avoir au moins cinq cents.

Stella se mit à les observer un par un. Elle repéra un cliché de Tadoussac au Québec, un d'Ingonish Beach en Nouvelle-Écosse et un d'un ranch en Alberta. Cela représentait les trois derniers endroits où elle était allée en vacances avec sa mère.

« Maintenant, que dois-je faire ? » s'inquiéta-t-elle.

Elle eut l'idée d'appuyer sur les trois images. Une porte s'ouvrit alors sur sa gauche, au milieu des cadres. Épatée, l'adolescente poussa délicatement la porte et pénétra dans un long couloir éclairé par des tubes fluorescents. Elle avança et compta cinq portes de chaque côté. Au milieu du corridor, un clavier sur un pied de marbre trônait. Stella s'en approcha. Hésitante, elle décida d'y taper les coordonnées: 45-73.

« Pourvu qu'il n'y ait pas d'alarme! Pourvu qu'il n'y ait pas d'alarme… »

Un déclic se fit entendre sur sa droite et la quatrième porte du corridor s'entrouvrit de quelques centimètres. La jeune fille avait réussi. Wow! Elle se précipita dans la pièce gris pâle. À l'intérieur de celle-ci, trois mannequins sans tête, habillés l'un d'un chandail gris, l'autre d'une camisole perle et le dernier d'un lainage vert pomme, attirèrent immédiatement son attention. Elle s'en approcha tout en contemplant les murs. Des centaines de photos en ornaient deux. Sur les deux autres étaient suspendus à des crochets des objets comme un lasso, des cordes d'escalade, un casque de mineur et des palmes. On y trouvait aussi des dizaines de tablettes installées à différentes hauteurs. Sur chacune d'elles, des coffrets étaient posés. Au centre de la pièce, une grande malle métallique reposait sur un pied, aussi en marbre.

Stella passa la main sur les manches du splendide chandail à capuchon qu'elle venait d'atteindre.

« Appartenait-il à maman ? se demanda-t-elle. Il est si doux, c'est incroyable ! »

Elle en fit le tour en le caressant. Cela lui permit de remarquer que deux pans de tissu se chevauchaient dans le dos.

« Un chandail pour pouvoir voler ! » comprit-elle.

L'envie de l'essayer lui vint. Pourquoi pas ? Personne ne la verrait. Elle enleva son t-shirt et enfila le chandail à manches longues de sa mère. Il était un peu trop grand, mais si confortable. Stella referma ses bras autour d'elle comme pour une étreinte et avança lentement en examinant les photos couvrant le mur à sa gauche. Certaines en noir et blanc montraient sa mère vêtue d'une robe longue, entourée d'enfants devant une école de rang, ou avec une robe un peu plus frivole, au bras d'un jeune homme, à un bal, ou encore habillée en religieuse. Toujours sa mère souriait, heureuse. Sur plusieurs, Stella avait l'impression de distinguer Raphaël, mais bien sûr c'était impossible.

Sur d'autres photos, cette fois sépia, on voyait Angéla travaillant dans un champ, se promenant à cheval, conduisant une vieille Jeep, atteignant le sommet d'une montagne ou ramant sur un lac.

Finalement venaient les photos couleur. À part sa mère, Stella ne reconnaissait jamais personne, jusqu'à ce qu'elle tombe sur une petite fille. C'était elle le jour de son entrée à l'école primaire. Les larmes lui montèrent aux yeux. La photo se situait au milieu de toutes les autres, sans artifices. Personne n'aurait pu deviner la place particulière qu'elle prenait sûrement dans le cœur de sa mère.

« Souhaitait-elle me protéger dans le cas où quelqu'un découvrirait cette pièce ? » se demanda Stella en pensant à Albert.

Voir les différentes époques traversées par une même personne avait quelque chose d'étourdissant.

– Si seulement tu avais pu me raconter, maman ! chuchota-t-elle.

Stella passa au mur suivant. Cette fois, les photos étaient parfaitement ordonnées, placées en colonnes et en rangées, et reliées avec des cordes de couleur. Sur la première ligne se trouvait un seul carton vide ; sur la deuxième, il y avait un carton vide et deux photos, dont celle d'Albert. De nombreux trous ponctuaient le tableau et des X barraient certaines photos.

– Est-ce que c'est ton mur des méchants, maman? demanda la jeune fille, qui recula vers le coffre au milieu de la pièce afin d'obtenir une meilleure vue d'ensemble.

Lorsqu'elle le heurta, elle se retourna pour y faire face. Elle abaissa les loquets et prit le couvercle à deux mains pour le soulever. Elle découvrit dix compartiments de différentes profondeurs. Un pendentif d'ailes attira immédiatement son regard. Elle s'en empara, le passa à son cou et le fit glisser dans son chandail pour le sentir contre sa peau.

– Bonsoir, Stella, entendit-elle.

L'adolescente sursauta violemment.

– Monsieur Ledoux? s'exclama-t-elle en levant les yeux vers son enseignant.

CHAPITRE 16

MENSONGES

Stella fixait l'homme bedonnant à peine plus grand qu'elle. Que faisait-il ici ? Comment avait-il découvert la réponse à l'énigme ?

« Il ne peut pas l'avoir trouvée, réalisa-t-elle. Je n'ai pas fait de copie du message. Il nous a donc suivis. Pour quelle raison mes amis ne m'ont-ils pas prévenue de son arrivée ? »

– Je te félicite ! Tu as réussi à résoudre le problème que t'a laissé Angéla ! Tu es bien la digne fille de ta mère. Je dois t'avouer qu'elle m'avait demandé de veiller sur toi. Savais-tu que chaque ange guerrier possède une pièce comme celle-ci ? Ta mère voulait s'assurer que tu étais prête à prendre possession de ce qu'elle cachait ici pour toi. Si tu n'avais pas déchiffré l'énigme ou que tu t'étais trompée de commerce, un protocole de sécurité t'empêchant d'y entrer aurait été activé. Je devais te réconforter, voire te consoler si cela arrivait. Heureusement, tu as choisi le bon emplacement, conclut-il d'un ton satisfait.

Ainsi, monsieur Ledoux veillait sur elle depuis le début ? Toute cette mise en scène ne servait donc qu'à la tester pour voir si elle était digne de recevoir son héritage.

« Une chance que j'ai réussi ! »

Sans attendre qu'elle l'y invite, son enseignant s'approcha du coffre. Il regarda à l'intérieur.

– Wow ! Ta mère t'a vraiment laissé ses plus beaux trésors !

La voix de monsieur Ledoux changea alors pour devenir plus amère.

– C'est fou, non ? Angéla a passé plus de quatre cents ans à aider son prochain et à combattre les forces du mal au péril de sa vie angélique et tout ce qui reste à la fin... tient dans une boîte.

Stella ignorait quoi répondre à ça.

– Et c'est à toi qu'elle la lègue. Quel âge as-tu? Douze ans?

La jeune fille approuva de la tête en avançant d'un pas vers le coffre. Elle n'aimait pas le ton de l'homme. Celui-ci leva une main pour l'arrêter.

– Ne t'inquiète pas. J'ai déjà mes propres outils angéliques. Je n'ai pas besoin de ceux-ci. Toutefois, je vois mal ce que toi, à l'aube de ton apprentissage, tu pourrais en faire.

– Je pense que je vais les garder ici, hasarda timidement Stella. Je m'en servirai lorsque j'aurai fini ma formation.

– Hum… C'est une idée. Toutefois, si tu veux mon avis, elle témoigne d'un certain égoïsme.

La voix du professeur se fit dure pendant qu'il scrutait le contenu de la malle.

– Plusieurs de ces instruments sont rares et servent à faire le bien sur terre. Les conserver ici pendant des années nuira à l'ordre et à l'équilibre du monde, d'autant que tu ignores si tu parviendras un jour à t'en servir adéquatement.

Ce commentaire prit Stella au dépourvu. Se montrait-elle égoïste ?

« Je n'en ai pas l'impression », estima-t-elle en se rappelant le porte-documents de sa mère, qu'elle avait ouvert dans la bibliothèque le soir de son arrivée à l'Académie et dont elle avait partagé le contenu.

Ce souvenir en appela un autre. Angéla avait cessé d'être une éternelle à part entière lorsqu'elle était devenue enceinte d'elle. Ce qui signifiait qu'elle n'avait pas pu continuer à utiliser les objets présents dans cette pièce. Quelques années de plus feraient-elles une réelle différence ?

– Je suis ici pour te conseiller, Stella ! reprit monsieur Ledoux d'une voix affable. En tant qu'ange, tu as le devoir de prêter ces choses à des éternels expérimentés.

« Pourtant, maman a choisi de les cacher ici pendant plus d'une décennie plutôt que de les prêter à un autre ange, réfléchit l'adolescente. Il doit bien y avoir une raison. »

Pourquoi son professeur tenait-il tant à ce qu'elle partage son héritage ?

« Et s'il me mentait ? Est-ce possible ? Je dois le faire parler », décida-t-elle en songeant à ses cours de négociation.

Elle se remémora les notions présentées par monsieur Gaudreau.

« Premièrement, donner avant de recevoir ! »

Stella s'approcha de la malle et tendit la main vers un petit cylindre.

– Dans mon cours d'infiltration, dit-elle en le lui tendant, on m'a appris que cet instrument est un détecteur d'aura. J'aimerais vous l'offrir pour vous remercier d'avoir veillé sur moi et pour m'avoir aidée dans la forêt.

– Quelle gentillesse ! Toutefois, il y a longtemps que je n'ai plus besoin d'un détecteur d'aura. En fait, je possède moi-même presque tout ce qui se trouve dans cette pièce. Si tu me le permets, je prendrai plutôt ce minuscule coffret, dit-il en s'en emparant.

– Qu'est-ce que c'est ?

– Des verres de contact très particuliers, commença l'enseignant, dont les yeux brillaient d'excitation.

« Répéter », se rappela-t-elle.

– Particuliers ?

– Ils permettent aux humains de nous voir tels que nous sommes.

– Ils découvrent notre nature d'éternels.

– Exactement.

« Encourager à petites doses. »

– D'accord, prononça-t-elle, même si elle ne saisissait absolument pas où son professeur voulait en venir.

– Tu comprends, les humains ne souhaitent pas avoir conscience de notre présence parmi eux. Ils la nient de toutes leurs forces.

– Hum…

L'enseignant n'ajouta rien. Stella constata qu'elle n'avait pas utilisé la bonne technique. Elle devait en savoir plus si elle espérait prendre les bonnes décisions. Les mains moites, elle cherchait la meilleure chose à ajouter.

« Nommer les émotions. »

– Et ça vous rend triste qu'ils ne nous reconnaissent pas…

– Ha ! ha ! ha ! Pas du tout ! Mais je trouve ça extrêmement injuste. On travaille toute notre vie angélique à améliorer leur existence et ils nous ignorent. Jamais de mercis ! Jamais de gratitude ! Nous n'avons droit qu'à des plaintes et à des demandes. Peu importe ce que nous faisons, ce n'est jamais assez.

– Hum..., tenta de nouveau Stella pour montrer qu'elle l'écoutait avec attention.

– Lorsqu'ils se montrent redevables, ça ne dure que quelques jours, et hop ! une autre requête apparaît.

« Répète », s'exhorta-t-elle pendant que son professeur s'enflammait.

– Toujours une autre requête. L'une n'attend pas l'autre !

– Oui et, quand tu auras vécu en tant qu'ange aussi longtemps que moi, tu comprendras l'importance d'avoir notre propre identité au milieu des humains et d'être appréciés pour ce qu'on est, scanda monsieur Ledoux.

– On ne peut pas simplement leur communiquer notre présence ? Les obliger à nous voir ?

L'homme afficha un air de pitié face à son ignorance.

– Je me rends compte qu'on a oublié de t'enseigner l'information que tous les apprentis apprennent dès leur première semaine à l'Académie. Si on révèle à un humain notre nature, on perd nos pouvoirs et notre immortalité.

– Oh !

– Comme tu dis...

– Mais... avec les verres de contact ?

– Ils le découvrent par eux-mêmes, ce qui n'a pas d'effet sur nos caractéristiques angéliques. Ces lentilles-ci ne sont que des prototypes, mais on va pouvoir en créer beaucoup d'autres.

Cela rappelait vaguement quelque chose à Stella. Elle fronça les sourcils en cherchant dans ses souvenirs. Soudain, elle saisit ce qu'étaient ces verres de contact. Monsieur Pépin, son professeur d'infiltration, en avait parlé dans son cours. Au début du XXe siècle, ils avaient été fabriqués pour les démons. Dès lors, ceux-ci avaient été en mesure de distinguer et de reconnaître les éternels. Ils pouvaient ainsi les arrêter avant qu'ils parviennent à faire le bien ou à réparer des injustices. Avaient alors suivi des décennies de noirceur. Les anges avaient bien réussi à reprendre le dessus, mais ça n'avait pas duré et la Seconde Guerre mondiale avait causé des ravages. Plusieurs éternels avaient péri et il avait fallu des années pour réussir à voler les précieux verres de contact et à changer le cours des choses.

– Les verres de détection, murmura-t-elle.

Stella vit son professeur d'histoire frissonner de dégoût.

– Comment songer une seconde que je voudrais remettre en circulation une telle calamité ? Les verres de détection ont tous été détruits au prix de grands efforts et de nombreux morts. Contrairement à eux, les lentilles que je tiens dans ma main ne pourront être portées que par des humains.

« Des humains que les démons tenteront de contrôler... », analysa Stella.

Malgré ce que son professeur laissait entendre, elle ne croyait pas qu'il y eût une différence.

– Monsieur Ledoux, il m'est impossible de vous remettre ce que vous demandez. Ma mère m'a légué ces verres en héritage et j'y tiens beaucoup. Si vous voulez, je propose toutefois de vous donner...

Le regard de son enseignant se fit dur. Trop dur pour un ange. Il coupa la parole à l'adolescente.

– Je ne désire rien d'autre et je pense que tu n'as pas bien saisi ce qui se passe ! Ce n'est pas un choix que je te laisse. Je repartirai avec ces verres, avec ou sans ta permission.

Stella paniqua. Elle avait lamentablement échoué dans sa technique de négociation. Son cœur battait maintenant beaucoup trop vite et ses idées s'éparpillaient. Elle venait d'avoir la confirmation que son professeur lui avait réellement menti à propos de son rôle de protecteur. S'il était vraiment censé veiller sur elle, il n'essaierait pas de lui voler une partie de son héritage. La jeune fille regardait partout sans parvenir à fixer son attention sur quelque chose. Comment allait-elle l'arrêter ?

Sans s'occuper davantage d'elle, monsieur Ledoux se dirigea vers le mur des méchants et l'observa quelques secondes. Il y arracha une photo.

« C'est maintenant ou jamais ! » estima Stella pendant qu'il avait le dos tourné.

À travers son chandail, elle serra de toutes ses forces le médaillon d'ailes qu'elle avait pris dans le coffre avant l'arrivée de monsieur Ledoux. Elle lui transmit la plus forte dose de chaleur angélique qu'elle pût rassembler. Aussitôt jaillirent deux grandes ailes qu'elle déploya vivement malgré l'étroitesse de la pièce. D'un mouvement sec de l'aile droite, Stella frappa son enseignant à la tête avant que celui-ci ne comprenne la situation. Il s'effondra sur le plancher. Stella ramena ses ailes derrière elle et les fit disparaître. Elle courut ramasser le boîtier de verres de contact que monsieur Ledoux avait échappé dans sa chute et remonta en vitesse l'escalier.

Du coin de l'œil, elle vit grande ouverte la porte arrière de la boutique. Sans s'en occuper, elle passa dans la librairie et trouva Victoria étendue au sol, inerte. Alarmée, elle s'agenouilla à ses côtés en criant vers la porte.

– Emma ! Raphaël ! Au secours ! Venez m'aider !

Elle chercha le pouls de Victoria en priant avec ferveur qu'il ne soit rien arrivé à ses amis restés dehors. Trop affolée pour trouver une pulsation cardiaque, elle approcha sa joue de la bouche de Victoria et sentit un léger souffle sur sa peau.

« Elle est en vie ! » songea-t-elle en soupirant de soulagement.

Au même moment, la porte d'entrée s'ouvrit à la volée, puis Raphaël et Emmanuelle entrèrent en courant dans la boutique.

– Stella ! Que se passe-t-il ? Tout va bien ?

– Vite ! Appelez monsieur Menzies à l'Académie. Monsieur Ledoux nous a trompés.

– Où se trouve-t-il ? demanda Raphaël pendant qu'Emma sortait son cellulaire.

– En bas, dans une pièce du petit corridor.

L'adolescent se précipita dans l'escalier pendant qu'Emmanuelle donnait l'adresse de la librairie à son interlocuteur. Elle s'accroupit ensuite auprès de Victoria et ordonna à Stella d'aller aider leur ami.

Sans réfléchir, celle-ci dévala les marches du sous-sol. Heureusement, elle put constater que monsieur Ledoux était toujours étendu au sol et que Raphaël lui attachait les mains avec de la corde. En quelques mots, Stella lui narra l'étrange comportement de leur professeur.

– Mais pour quelle raison a-t-il fait ça ?

– C'est lui qui doit avoir le contrôleur, estima Stella.

Devant l'air interrogateur de l'adolescent, elle se rappela que, sous la recommandation de monsieur Ledoux lui-même, elle avait omis de parler de cette théorie à ses compagnons. Elle s'en voulut de les avoir entraînés dans cette aventure sans qu'ils en mesurent tous les risques. Elle s'en excusa à Raphaël et lui résuma ce qu'elle connaissait des contrôleurs.

– As-tu vu les photos sur le mur, là-bas? lui demanda-t-il lorsqu'elle se tut.

– Oui.

– Mon père est sur plusieurs de ces photos. Nos parents devaient travailler ensemble.

Un doute affreux prit forme dans l'esprit de Stella.

– Comment s'appelait ton père?

– Émile. Pourquoi?

Stella revit Albert se vanter d'avoir tué un dénommé Émile et d'avoir fait de son fils un orphelin. Pouvait-elle révéler ça à son ami?

« Pas ici..., jugea-t-elle. Pas maintenant! »

– Ma mère ne m'a jamais parlé de ses collègues de travail, affirma-t-elle, sans mentir.

À ce moment, ils entendirent des pas précipités au-dessus de leur tête. Monsieur Menzies, Jules et monsieur Ansari apparurent. Ils jetèrent un coup d'œil circulaire à la pièce tout en se ruant sur monsieur Ledoux, toujours évanoui. Sans s'occuper de la présence des adolescents, le directeur de l'Académie dit à Jules :

– Angéla devait posséder ce qu'il faut !

L'homme noir changea de direction et alla vers la malle au centre de la pièce.

– Tu permets ? demanda-t-il à Stella avant de l'ouvrir.

Elle acquiesça de la tête et l'éternel observa le contenu du coffre avant d'y prendre un long cylindre d'argent. Il revint vers monsieur Ledoux et passa l'instrument au-dessus de son corps. Une lueur bleue se forma vis-à-vis de son mollet.

– Le voici.

– Il n'y a pas un moment à perdre. Tenez-le ! ordonna monsieur Menzies.

Jules et monsieur Ansari s'exécutèrent. Le premier déposa ses genoux sur les épaules de l'enseignant pendant que l'autre enserrait solidement ses chevilles. L'Écossais tourna le cylindre à la verticale, à l'endroit où était apparue la lueur, et appuya sur un petit bouton. Aussitôt, une bosse se forma sur le mollet de monsieur Ledoux, qui se réveilla en hurlant de douleur. Les deux éternels augmentèrent la pression pour le garder au sol.

– Stella ! Trouve-moi un couteau ! exigea monsieur Menzies.

CHAPITRE 17

UN ANGE EN BOUTEILLE

L'adolescente fouilla dans la malle, mais ne dénicha aucun outil qui ressemblait à une arme tranchante.

– Il n'y a rien, annonça-t-elle, paniquée, en revenant près des quatre hommes.

Le directeur soupira.

– Tant pis. Auguste, je suis désolé ! dit-il à monsieur Ledoux.

Stella constata que la bosse semblait vouloir sortir du mollet. Elle avala sa salive, détourna la tête de dégoût et recula de plusieurs pas. Mais c'était pourtant plus fort qu'elle, les hurlements de son professeur la poussaient à continuer à observer du coin de l'œil. Soudain, la peau se déchira et un objet fut propulsé hors de la jambe de son enseignant, en même temps qu'une bonne quantité de sang.

Stella chercha son souffle pendant que de la bile remontait dans sa gorge. C'était tellement affreux ! Son professeur s'évanouit une nouvelle fois et Jules enleva son chandail pour bander sa jambe déchiquetée. Il plaça un bras dans le dos de monsieur Ledoux et un autre sous ses fesses. Monsieur Ansari l'imita. D'un seul mouvement, ils se relevèrent, créant ainsi une chaise humaine pour transporter l'enseignant. Ils l'emportèrent hors de la pièce.

– Raphaël ? Stella ? Venez ! les encouragea monsieur Menzies en sortant à son tour.

La jeune fille, blanche comme un drap, ne se fit pas prier. Elle referma la porte du local derrière Raphaël. Celle-ci se verrouilla automatiquement. Le souvenir de Victoria surgit dans la tête de Stella alors qu'elle grimpait l'escalier. Elle fonça vers l'endroit où son amie était allongée quelques minutes plus tôt.

– On l'a amenée à l'Académie pour la soigner, lui apprit Emmanuelle. J'ai entendu hurler. Que se passe-t-il avec monsieur Ledoux ?

Avant que Stella pût répondre, monsieur Menzies, qui venait de refermer la porte arrière donnant sur la ruelle, les invita à sortir de la librairie et à monter dans la camionnette. Là, la présence de leur professeur blessé leur imposa le silence. L'adolescente en profita pour tenter de calmer les battements de son cœur.

« C'était vraiment... vraiment... horrible ! » songea-t-elle en réprimant un frisson.

À leur arrivée à l'Académie, Stella, Emmanuelle et Raphaël furent escortés jusqu'au bureau de monsieur Menzies, où on leur demanda d'attendre.

– Alors ? les questionna Emma dès que la porte se fut refermée.

Stella lui raconta la scène à laquelle son ami et elle venaient d'assister et reprit les explications qu'elle avait déjà données à Raphaël au sujet du contrôleur.

– Pourquoi monsieur Ledoux n'a-t-il pas essayé de lui résister ? voulut savoir l'adolescent.

– Parce qu'il ignorait qu'il en avait un, répondit monsieur Menzies en entrant dans la pièce.

Le directeur concentra son attention sur Stella.

– Ainsi, tu étais au courant ?

Elle hocha la tête.

– Pourquoi ne pas m'en avoir parlé ?

– J'ignorais qui le portait. Ç'aurait très bien pu être vous.

– Tu as raison.

– En plus, comme il m'a sauvé la vie deux fois, je me suis confiée à monsieur Ledoux, et il m'a dit que vous aviez mis une équipe de recherche là-dessus.

– Il t'a menti. Je dois avouer qu'il a bien joué ses cartes. Il a gagné ta confiance en créant de faux dangers et t'a empêchée d'en discuter avec moi en t'assurant qu'il l'avait déjà fait. C'était très ingénieux.

– Mais vous le saviez quand même, pour le contrôleur ? chercha à clarifier Stella.

– Ta mère m'avait révélé ses soupçons lors d'un rendez-vous secret avec Jules, hors de l'Académie.

– Alors, pourquoi ne pas avoir scanné tous les éternels comme vous l'avez fait ce soir?

– L'appareil qui m'aurait permis d'y arriver a disparu après ma rencontre avec Angéla. Le seul moyen de découvrir le coupable consistait à te suivre, toi.

– J'étais surveillée?

– Oui.

– Par Jules?

– Principalement.

– Mais ce soir? s'interposa Raphaël.

– Ce soir n'avait rien de différent des autres soirs. Stella était dans le gratte-ciel et tous les accès restaient sous haute surveillance. Malgré ces précautions, votre sortie a échappé à nos moniteurs. Je vais devoir analyser cela très attentivement afin de découvrir ce qui s'est passé. Je pense quand même qu'on peut affirmer sans se tromper que monsieur Ledoux a quelque chose à voir avec la défaillance du système.

– Que va-t-il lui arriver maintenant? demanda Emmanuelle.

– Nous savons que son identité est connue des démons. De plus, ses pensées ont été modifiées depuis si longtemps qu'il a fini par y adhérer. Il nous a confié qu'il trouvait injuste que les humains n'aient pas conscience de notre présence et de notre énorme travail... Il ne peut plus être un éternel ! conclut le directeur.

– Vous allez le tuer ? se scandalisa Stella.

– Bien sûr que non ! réagit tout aussi fortement monsieur Menzies. Nous allons lui retirer son pouvoir angélique et effacer sa mémoire. Il va devenir mortel.

Les trois amis restèrent bouche bée.

– Nous observons en permanence plusieurs humains d'âges variés vivant dans différents pays, poursuivit l'Écossais. Ils possèdent tous de belles aptitudes pour intégrer les rangs des anges. L'un d'eux sera choisi et, s'il accepte, on lui remettra le pouvoir angélique de monsieur Ledoux. Ensuite, cette personne se joindra à nous et pourra entamer sa formation avec le prochain groupe.

– Monsieur Menzies ? Avez-vous des nouvelles de Victoria ? s'informa Emmanuelle.

– Votre amie va bien. Elle a reçu une surdose d'énergie angélique qui l'a assommée, mais on en diminue présentement le niveau et son corps pourra se guérir seul. Maintenant, venez ! Vous allez assister à un triste spectacle, qu'heureusement vous ne devriez plus jamais revoir.

L'homme les conduisit au dix-neuvième étage. Lorsque les portes de l'ascenseur s'ouvrirent, Stella eut l'impression de déboucher dans un autre monde, même s'ils n'avaient pas quitté le gratte-ciel. Tout était blanc, immaculé.

– Voici la section des laboratoires, les informa le directeur. On y développe de nouveaux outils angéliques. C'est aussi ici qu'on étudie les armes des démons sur lesquelles on arrive à mettre la main. On analyse l'énergie invisible et on explore les plus récentes avenues technologiques et biomoléculaires.

Cet étage n'était pas divisé comme les autres. Il ressemblait à un vrai labyrinthe. Monsieur Menzies avançait d'un pas assuré entre les pièces vitrées et les salles fermées. Les trois amis le suivaient de près, impressionnés de se retrouver dans un tel milieu. Tenant la porte d'un minuscule auditorium, leur guide les invita à s'asseoir. Devant eux, une grande plaque de verre servait de cloison. Celle-ci s'illumina soudain et monsieur Ledoux, inconscient, assis sur une chaise droite, la jambe bandée d'un pansement propre, apparut.

Deux hommes en sarrau plaçaient au-dessus de sa tête un appareil métallique et rond. Dès que ce fut fait, cinq éternels entrèrent dans la pièce. Ils entourèrent monsieur Ledoux et entamèrent une mélodie douce avec de fréquentes pauses, comme s'ils souhaitaient parvenir à respirer à l'unisson.

– Regardez les étoiles ! s'exclama Emmanuelle.

Stella pouvait en effet remarquer que de petites boules brillantes s'échappaient du corps de monsieur Ledoux et étaient aspirées par l'appareil au-dessus de sa tête. Cela lui fit penser à la scène qu'elle avait vécue lorsque sa mère était morte. Ses yeux se remplirent de larmes.

– On lui retire son énergie angélique, devina-t-elle.

– Oui, confirma le directeur de l'Académie. Toute l'énergie est transférée dans la bouteille que vous voyez dans le cube transparent, au fond de la salle. Monsieur Ledoux ne souffre pas et il lui restera plusieurs belles années sur la terre pour se construire une vie.

Il s'interrompit un instant avant de poursuivre :

– Je tenais à ce que vous assistiez à ce transfert pour bien comprendre que vous êtes libres d'accepter ou non la mission qui nous est confiée. Protéger les humains et les aider à vivre en paix et en harmonie constitue le fondement de notre existence. Le jour où vous vous sentirez fatigués de faire ce métier, des choix s'offriront à vous. Transmettre votre don à votre enfant en est un, mais il y en a d'autres.

Plus aucune étoile ne sortait du corps de monsieur Ledoux. Les cinq éternels quittèrent la pièce et monsieur Menzies ramena les adolescents à leurs chambres. Avant de quitter Stella, il lui donna rendez-vous le lendemain matin, à son bureau.

– L'ascenseur sera débloqué pour toi à neuf heures.

À l'heure dite, Stella rejoignit le directeur dans son bureau. Jules était également présent. Tous les trois se rendirent à la petite librairie, qui n'ouvrait qu'à midi. À l'aide de la clé et du code de Stella, ils y entrèrent.

– Ce commerce t'appartient, lui annonça monsieur Menzies. Il est tenu par un ami de ta mère, qui est également un excellent libraire. Angéla avait aussi nommé Jules pour administrer ses biens, en attendant que tu sois plus vieille.

– Ma mère possédait une librairie ? répéta Stella.

– Entre autres, oui. Au cours des prochaines années, Jules t'apprendra à gérer tes avoirs.

– Je pensais que les anges n'avaient pas besoin d'argent.

– Il ne nous est pas nécessaire pour vivre, mais il s'avère très utile pour changer constamment d'identité, nous installer dans des villes et des villages, réussir nos missions dans tous les milieux, y compris dans les plus riches.

– Nous devons également aider financièrement certaines causes justes, poursuivit Jules, et soutenir des gens qui œuvrent pour la paix dans le monde.

Stella suivit monsieur Menzies dans l'arrière-boutique en regardant la librairie d'un tout autre œil. C'était à elle. Incroyable ! Jules resta au rez-de-chaussée pendant qu'elle commençait à descendre les marches. Quelques secondes plus tard, elle entendit un robinet couler et, avant qu'elle finît d'entrer le code sur le petit clavier dans le corridor menant à la salle secrète, Jules arriva avec un seau d'eau savonneuse et une brosse.

– C'est pour laver le plancher, dit-il.

L'adolescente grimaça au souvenir des événements de la veille. Elle pénétra dans la chambre forte en prenant garde de ne pas tourner les yeux vers l'endroit où le sang de monsieur Ledoux marquait le plancher. Elle fit le tour de la pièce avec monsieur Menzies. Les portraits de sa mère l'émurent autant que la fois précédente. Le mur des méchants intéressa beaucoup le directeur, qui lui demanda s'il pouvait le prendre en photo pour essayer de comprendre les liens qu'Angéla avait formés entre chacun des suspects.

– Comment as-tu réussi à ouvrir le gros coffre ? demanda-t-il ensuite.

– J'ai soulevé le couvercle, répondit-elle, même si elle ne comprenait pas trop sa question.

– Intéressant, commenta-t-il sans relever la simplicité de ses propos. Et que faisais-tu juste avant ?

– Je regardais des photos de maman.

– Tu n'aurais pas dû avoir accès au contenu de la malle, lui apprit-il, songeur. En fait, je suis presque certain qu'aujourd'hui cela te serait impossible.

Stella essaya et, effectivement, rien ne se produisit.

– Que se passe-t-il ?

– Une puissante énergie protège ce coffre. Je soupçonne qu'hier tu as éprouvé une vive émotion et, ayant encore suffisamment d'énergie d'Angéla en toi, tu es parvenue à contourner la serrure. Toutefois, aujourd'hui, tu es plus calme. De plus, chaque jour, tu changes. Tu deviens de plus en plus toi-même et tu commences à produire ta propre empreinte angélique.

– Comment est-ce que j'arriverai à l'ouvrir de nouveau, alors ?

– Il te faut seulement acquérir plus de force, répondit Jules en frottant le plancher. Ta mère était une éternelle prudente. Par ses énigmes et ses codes d'accès, elle s'est assurée que toi seule puisses te rendre jusqu'ici. Toutefois, utiliser ces instruments sans préparation serait de la folie... d'où cette protection supplémentaire. As-tu remarqué les petits coffres sur les tablettes ?

Stella se promena et découvrit que, sur plusieurs, il y avait des mots gravés : *Générosité, Clémence, Joie, Accueil, Gentillesse, Dévouement, Compassion...*

– Qu'est-ce que cela veut dire ?

– Je pense que ce sont des cadeaux pour toi, de la part de ta mère, lui confia le directeur. Si j'interprète bien, tu pourras les ouvrir lorsque tu auras acquis ces qualités angéliques en stage.

– Je dois donc les laisser ici.

– Bien que cette pièce soit extrêmement bien protégée, je pense qu'il serait plus prudent de les répartir dans différents endroits, avoua l'Écossais. Je peux te fournir un coffre-fort au vingtième étage de la maison mère, et on pourrait t'en acheter deux ou trois dans des banques de Montréal.

Stella approuva. Elle prit un des chandails de vol, huit petites boîtes et une dizaine de photos de sa mère. Ce faisant, elle repensa à Raphaël et à son père.

– J'ai appris que c'était Albert qui avait tué le père de Raphaël, murmura-t-elle. Je me demandais si je devais le lui dire.

Les deux éternels qui l'accompagnaient s'observèrent un moment.

– Nous avions déjà des doutes à ce sujet, affirma monsieur Menzies. Raphaël croit que son père a péri dans un accident de la route. D'après toi, savoir que c'est plutôt un démon qui l'a tué pourrait-il lui être bénéfique ?

Stella réfléchit un moment. Si elle avait eu le choix, elle aurait préféré pouvoir se dire que sa mère était morte d'un accident plutôt qu'assassinée. Toutefois, la vérité lui permettait de mieux mesurer le monde dans lequel elle avait décidé de vivre.

– En un sens, je pense que cela l'amènerait à se montrer plus prudent. Par contre, dominer un désir de vengeance n'est pas facile, dut-elle admettre.

– Tu réfléchis bien, la félicita le directeur. Je considère que tu es parfaitement capable de prendre seule la meilleure décision pour ton ami. En tant qu'anges, on doit aussi vivre avec des secrets ou choisir la quantité d'informations qu'on donne en fonction du bonheur d'une autre personne.

L'adolescente aurait préféré une réponse plus claire. À peine se défaisait-elle du secret du contrôleur qu'elle recommençait à se poser des questions.

Les deux éternels l'aidèrent à transporter son matériel pendant qu'elle verrouillait les portes derrière elle.

Sur l'heure du dîner, Stella rejoignit Emmanuelle, Raphaël et Victoria à la cafétéria. Ils s'empressèrent de terminer leur repas pour se rendre sur le toit du gratte-ciel, afin de parler tranquilles. Victoria avait déjà été mise au courant des derniers événements.

– Je n'en reviens pas que tu ne nous aies pas parlé du contrôleur ! prononça-t-elle d'un ton vexé.

– J'ai souvent voulu vous mettre au courant, mais, chaque fois, monsieur Ledoux m'a convaincue que ce serait une erreur et que des adultes s'occupaient déjà de tout, se justifia Stella. Aujourd'hui, je comprends qu'il m'a menti. Je suis vraiment désolée !

– En gardant ces informations pour toi, dit doucement Emma, tu es restée seule avec ce problème. Ça n'a pas dû être facile. On devrait jurer de toujours se faire confiance et de compter les uns sur les autres.

– Je suis d'accord, s'empressa d'approuver Raph. Nous rencontrerons de nombreux défis en stage et il sera important que nous puissions en discuter et nous entraider.

Les quatre amis scellèrent leur entente d'un sourire et d'un mouvement de tête.

– Nous serons désormais toujours là les uns pour les autres, confirma Victoria.

– Promis, lança Stella en sentant que leur amitié venait de gagner en force.

Elle observa les rues de Montréal.

– C'est étrange de constater que, malgré ce qui nous est arrivé, le monde n'a pas changé, fit-elle remarquer.

– C'est vrai, dit Victoria. Un complot a été déjoué, un éternel a perdu ses pouvoirs, tu as récupéré l'héritage de ta mère, et tout continue comme si rien ne s'était passé.

– J'imagine que nous aurons la même impression après chacune de nos futures missions, murmura Emmanuelle.

– Oh! s'exclama Raphaël, j'ai oublié de vous prévenir. Marthe m'a révélé que c'est cet après-midi qu'on nous annoncera l'endroit où se déroulera notre première expérience.

Cette déclaration eut l'effet d'une bombe et la conversation se centra là-dessus.

« Ma première vraie mission en tant qu'éternelle..., se répéta Stella. Wow ! Où vais-je aller ? Quel genre de situation vont-ils choisir pour moi ? »

Elle repensa à tout ce que sa mère lui avait laissé.

« Crois-tu qu'un jour je serai assez puissante pour prendre ta relève, maman ? »

Devenir ange guerrier ! Pourquoi pas ?

« Le meilleur ange guerrier que connaîtra ce monde ! » se promit-elle.

De la même auteure

PRISKA POIRIER
SECONDE TERRE
TOME 3 - COMPTE À REBOURS
PRISKA POIRIER
SECONDE TERRE
TOME 4 - LE TROU DE VER
PRISKA POIRIER
SECONDE TERRE
TOME 5 - ISKAY

De la même auteure

Priska Poirier
Le royaume de
Lénacie
Complots
et bravoure
Éditions de Mortagne
Priska Poirier
Le royaume de
Lénacie
Sacrifice
déchirant
Éditions de Mortagne
Priska Poirier
Le royaume de
Lénacie
Confrontation
ultime
Éditions de Mortagne

MARQUIS

Québec, Canada

RECYCLÉ
Papier fait à partir
de matériaux recyclés
FSC® C103567
FSC
www.fsc.org